○曜日　連続ドラマ
準備稿
AP
第1話
製作　JB

角田陽一郎

エパブリ

目次

エピソード1：夢と現実『メトロポリスの片隅で』

朝、起きた。

夢を見ていたけど、どんな夢だったか憶(おも)い出せない。

そして、現実を思い出した。

今日はスタジオ本番の日だ。

《おはようございます》

三崎美南(みさきみなみ)の職場では、あいさつはいつもどんな時だって、おはようございます、だ。

朝起きたと冒頭にあるけど、実際のところは昼に近い朝に美南は起きたのだ。

おはようございます、って廊下ですれ違った知り合いのタレントさんに声をかけたのだって午後三時だ。

これから、出演者が次々とやってきて、楽屋に入る。

その前に楽屋の準備をしなければならない。

台本を数冊、本人用とマネージャーさん用、お菓子、飲み物、さらに、スタジオ弁当が届いたら弁当も配るし、駐車場の確認もしなければならない。

《まあ、ＡＰってのは言ってみれば雑用なのよ。でもこの仕事をわたしはＰＲＩＤＥもってやってんのよ》

そんな美南には、雑用をやる前に、超重要な仕事がある。

出社して荷物を置くとすぐにデスクを立ち、廊下に出て、スタジオに向かう前にトイレに向かう。

日々ほぼすっぴんなのだが、メイクも直したりして、さらに、

「はー、はー、はー」

などと発声練習もしてみる。

美南がＡＰ＝アシスタントプロデューサーをやっている『うたってカンカン』の収録は甲スタジオ。

でも美南は隣の乙スタジオにスタスタ向かって行く。

この感じがいいのだ。

《だってスタスタ歩いてると、いい女な感じに見える！　はず!!》

スタジオに入る際の前室と呼ばれる控室には、大きな鏡がある。

本番前の出演者達が身繕いするための鏡だ。

そこで美南も、自分の全身を映して眺める。

「うん！　大丈夫、いい女だ」

今日はアムラちゃんになる日だ。

《アムラちゃんの歌は歌い込んでますよ！　わたしに歌い込まれてますよ‼　長年気合い入れて歌いまくってきましたからね》

今日の美南はちょっとアムラちゃんを意識した白いパンツルックで会社に来てしまった。

さっきトイレで、髪型もどことなくアムラちゃんに寄せてみせたし。

胸には大きなクロスのペンダントをつけちゃったりして。

鏡の前でダンスの振り付けを確認。

振り向きざまに決めポーズ！

顔はニコニコ笑顔じゃなく、意志を感じるキリッとした瞳でまっすぐに見つめるっ‼

そしてサビの最後を呟くように歌い切る。

「ＰＲＩＤＥ」

《決まった‼　これこそアムラちゃんだ》

美南は鏡に映し出された決めポーズ姿の自分を見つめた。

《われながら、スタイルはいい》

テレビ局にはぽっちゃり体型が多い。いや、かなり憚(はばか)らずに言えば、デブに近いぽっちゃりばかりだ。

彼・彼女たちは、いつも起きてる。働いてる。食べてる。喋ってる。そして隙あればどっかで寝ている。いつ何時にご飯が食べられるかわからず、空腹のまま何十時間って日もあれば、夜中に焼肉食べたあと深夜の会議やって、徹夜明けにお寿司屋さんに行っちゃったりもする。

おまかせセットとか頼んだ後に追加で単品のマグロ二貫をさらに頼んじゃったりする午前五時の東京、赤坂。

朝昼晩とご飯は規則正しく食べましょうね、なんてずーっと編集室にこもってて、眠いながらもしゃべりテロップ入れ終わって、完パケテープを搬入するために徹夜明けの編集室から外に出たら朝日が眩しくて、間に合うか間に合わないかのギリギリの編集作業やり続けて飯休憩もそこそこで、夕方から差し入れのお菓子しか食べてないじゃんって徹夜明けの、なんとか作業も終わってテープ搬入し終わってついバカ食いしてしまう飯は、朝飯なんだろうか？

これからソファーで爆睡するわけだから、寝る前にありつく夜食なのだろうか？

《以前、局内の診療所の栄養士さんに聞いたら、わかりませんっていわれたお！　お！　栄養士さんもわからないのに、どうやって規則正しい食生活を送れっていうのだお！　うん！　でもでもでも、こんな毎日朝昼晩かわからない時間を過ごしている日々にしちゃ、わたし、三崎美南は体型はキープできている、はず！》

「あ、美南さん、おはようございます。お待たせしました！　リハお願いします」

　スタジオフロアを仕切るＡＤから声がかかり、乙スタジオに入って行く。

「美南さん、いつもスミマセン。『うたカン』も今日本番なのに。でも美南さん歌うまいし、あんなにキレキレで踊れる学生バイトなかなかいませんから」

　そう言われると、美南も嬉しくなくはない。

　乙スタジオには、歌収録用のかなり豪華な、それでいてモノトーン調のシックなセットが組まれていた。

　照明のレーザービームがはっきり見えるようにスモークも炊かれている。

　超売れっ子アムラちゃんの歌収録なので、なんとカメラは八つ、クレーンカメラも二台が出動。

　デカカメを動かすカメラさんと、そこから出るケーブルを裁くカメアシさんの十数人で、海に小舟を漕ぎ出すようにぐるぐる動き回ってカメラリハーサルをやっている。

　照明さんは長い調整竿を持ちながらインカムでサブと話して、ライトの最終調整をやっている。そこをスタスタと歩いて、バミってある立ち位置に向かう。

　美南にスポットライトが当たる。

　総勢二〇名近くの眼光がその光の中心にいるスタイルのいい女、

《そう、わたし、三崎美南二五歳に一点に集まる》

はずいけど、いや、でもこのはずい感じは悪くない。

音声さんは美南の後ろに立って、サウンドのモニターチェックをしにくる。

前方からは、音声さんのアシスタントの女性がやってきて、ハンドマイクを美南にわたす。今年の新人かな、まだなんとなく手つきがぎこちない。ぎこちないというより、むしろ馬鹿丁寧だ。その丁寧さに初々しさを感じてしまう。

チェック用の転がしモニターの画面には、三崎美南が映ってる。

アップになったり、引き絵になったり、ドリーしてたり、そんな各カメラの映像がランダムに切り替わる。

上の階のサブで、スイッチャーさんがスイッチングの確認をしているのだ。

《画面の中のわたし、美しい！　カッコいい！　本物のアムラちゃんみたい。お姫様気分を満喫したりできちゃうじゃない！》

「まもなくカメリハ始まりまーす」

フロアをしきるチーフＡＤの掛け声が大きい。

大きい声のＡＤは出世が早いのだ。

いつなんどきでも、スタジオで何が起こっているかを逐一声に出すのだ。

さあ、まもなく美南の本番が始まる。

「あ、すみません」

すると突然、その大声ADくんがインカムで、上の階のサブと呼ばれる司令塔にいるディレクターにあやまり出した。何かを忘れたらしい。

別の下っ端のADくんを呼びつけ、取りに行かせる。

取りに行ってきた下っ端のADくんが美南のために持ってきたのは、一枚のペラペラのプレート。そこには彼の汚い手書きで「アムラ」と書かれ、紐が括られている。

それが美南の首にかけられた。

《えー、お姫様は、首からプレートぶらさげないじゃん！　ほんもんのアムラちゃんは、アムラって書いた画用紙を首からわざわざぶらさげないじゃん‼　せっかくしてきたクロスのペンダントがペラペラのプレートで隠れちゃうじゃん！！！》

「まもなく、歌カメリハ行きます。五秒前、四、三……」

さあ、いよいよ。ちなみに二と一とスタートは声に出して言わない。声に出すと収録と音声がかぶってしまうから指だけで手サインするのだ。

本番が始まる。いや、リハーサルの本番。つまりこれから代役カメリハ。美南にとっては本番だけど、これはあくまでカメラリハーサル。

三崎美南は、この深夜の歌番組『キャウントダウン』の本番前の代役カメリハで、いつも女性歌手の本人の代役をやらされているのだ。

通常の場合、代役リハはその番組のＡＤがやったり、バイトがやったりするのだが、振り付けがあるアーティストの場合は、それを覚えていないと代役が代役の体をなさない。その点、美南は学生時代からカラオケで振り付けありで歌い込んできたから、ほとんどの曲を踊って歌えちゃうのだ。

「美南ちゃんは、代役のプロフェッショナルだねー」とちょっと福島訛りのある『キャウントダウン』のプロデューサーからは毎回テキトーにおだてられる。

まんざらではないし、美南のようなテレビ局への出入れ業者である制作会社から派遣された雇われＡＰは、そんな理由もあっていろんな局員のプロデューサーとお近づきになっていた方が、今後仕事がもらえるかもしれない。

自分の番組と収録が重なる日でかなりテンパっているのにもかかわらず、美南はその頼まれ仕事を積極的に引き受けているのだ。

美南は、アムラちゃんの『ＰＲＩＤＥ』を熱唱した。踊りまくった。

バックダンサー役の学生バイトくんたちは、踊りが恥ずかしそうで、むしろ動きがぎこちなくて、それこそ見てる方が恥ずかしい。そんな下手くそなダンスをふらふら踊るバックダンサーの前で、キレキレで踊り歌うわたし。そこに恥ずかしさはいらない。

美南はＡＰのＰＲＩＤＥをもって、代役を演(や)っているのだから。

代役を終えると、美南は足早にスタジオを出て、スタッフルームへと向かう。今度はかなりの小走り。高校時代に陸上部だった美南は足が速い。エレベーターへ向かう角で、スタジオへ向かうアムラちゃんと、黒人のバックダンサー数人とすれ違った。

《本物だ！　顔ちっちゃー！　かわいい！　細い！　いい匂い！》

いろんな修飾語が脳内にドバーッと溢れてきたけど、そんなこと口にだせるわけもなく、軽く会釈して、エレベーターへと向かう。

制作局のフロアは五階。そこを通称「大部屋」という。大部屋にはデスクが川の字に並んでいて、一区画ごとに番組別で使用している。天井には番組名が書かれたプレートがあり、その奥まった一角に三番組共同で使う大きなスペースがある。

その川の前には、ポツンとひとつ離れた、ありとあらゆるあやしい小物と企画書が山となって積まれている大きなデスクがあり、その壁には大きなキャンバスに現代アートで描かれた肖像画がかけられている。

そしてその川の横にあるコピー機の前でその肖像画に描かれた本人、『うたってカンカン』の豪腕プロデューサー・上米龍三郎（じょうまいりゅうざぶろう）が、ファックス機から出てくる用紙を待ちきれない様子で引き抜いている所だった。

だが急に彼は、

「くそ！」

と叫ぶと、用紙をクシャクシャと丸めゴミ箱に投げ捨て、デスクに戻ってしまった。

《見たのかな？　視聴率グラフ……気になる！》

美南はゴミ箱から恐る恐る用紙を拾って開いてみると、そこには『うたってカンカン』の前日の視聴率が書かれている。

「一二・四％」

うー、そんなにいい数字じゃない。美南もちょっとがっかりした。

美南は番組制作会社から派遣され、ゴールデンタイムのバラエティ番組『うたってカンカン』のＡＰとしてテレビ局に常駐しているのだ。

つまりこの上米は、美南の上司にあたる。

上司の上米は今、機嫌が悪い。

『うたってカンカン』の世帯視聴率はいまどき一二％を超えている。

十分な数字と言えたが、豪腕と呼ばれる上米にとってはプライドが許さない様子で、周囲に当たり散らしてる。それを聞いて聞かぬふりのスタッフたち。

《わたしも、近づきたくないいんだけど。でもデスク行かないと……荷物が取れない》

荷物を取りたい、というかこの大きなクロスを外したい。これを首にぶら下げながら、『うたカン』本番収録にのぞむのは難しい。ＡＰはお姫様ではいられないのだ。

戦々恐々としながら美南は意を決して上米のデスクの目の前を通って、自分のデスクへ向かう。

「おはようございます！」

「お」

上米の「おはようございます」は、いつも「お」だ。

上米は美南には目をあわせずに、美南の格好を一瞥して、

「なんだ？　お前その格好？　……アムラーか⁇」

「あ、いえ。あ、はい。……アムラーです！」

不機嫌な顔の上米が、これでもかというほど美南を凝視したあと、おもむろに目をつぶる。しばしの沈黙。

《おい？　わたしはこの沈黙の中、どーすれば、いいのだ⁉　もう挨拶は終わったのかよ？》

「……似合うね」

「……？」

上米は急に目を開けると、満面の笑みを浮かべてパチンと指を鳴らし、美南を指差した。

「今度アムラちゃん呼ぶか、『うたカン』に。数字持ってそうだからなー」

それを聞いて、美南の目の色も一瞬で変わる。

「……いいと思います！　アムラちゃん、うちの番組に出るの見てみたいです！」

「後ろの観客の一〇〇人の女の子たちがさ、みんなアムラーの格好しちゃってさ、歌を歌う時みんなで歌うのどうだ⁉　盛り上がるぞ！」

上米はアイデアが出てきたのか、次から次へとスタジオ演出を語り始めた。

すると、上米の声を聞いて、デスクにいたチーフディレクターの田中洋平が横から入って話し始めた。

「いいですね、アムラちゃん！　そしたら他のパネラーの出演者もみんなアムラーの格好がいいんじゃないですか！」

「お。なんなら男も女も関係なく、全員アムラーにしちゃうか。ＭＣの鴨居くんもアムラーでさ」

「いいですね、それ収録してるスタジオの全員もＡＤも美術さんもカメラさんも全員アムラーなのどうっすか」

「お。いいねー、田中くん。もうスタジオ全員アムラーなの、おもろいね？　最後にスタジオクレーンがパンナップして、全景映って、全員アムラーで踊ってるの。最高！」

上米も田中も、うちの番組の男たちはこんな感じでなんかアイデアを思いつくと、その場でいきなり演出を話し始める。

五歳くらいの子供たちが空き地で秘密基地を作ろうと盛り上がってるようだ。

でも美南は、そんな演出バカのバカ話が嫌いじゃなかった。

美南が以前にいた番組のスタッフは物静かな人、といえば聞こえがいいが、ようするに根暗な人が多く、話しててもそんなに楽しくないしひどく気疲れをした。

一方、この『うたカン』のスタッフは、上米をはじめ、みんなお喋りだ。うるさい。ずーっと喋ってる。でもなんか活気があっていい！　眠くても落ち込んでても怒ってても、それを表に出すスタッフたちだから、少なくともわかりやすい。

上米がそんな感じのタイプで、周りのスタッフにも自我を出すことを強要するから、前の番組より三倍くらい大変だ。でも気疲れというのは、何を考えているかを言ってくれない時が一番疲れるのだ。少なくとも『うたカン』にはそれが無い。あるのは、番組の人気を絶対落とさないというプレッシャーだけだ。

この番組には、豪腕Ｐの上米をトップとして、妙にコンプライアンスに真面目な局Ｐの局員一二年目の下沢（しもざわ）、制作会社のベテランＡＰの高東（たかとう）と美南、この四人のプロデューサーが存在している。三年のＡＤを経てＡＰになったばかりの三崎美南は、ぶっちゃけついて行くのがやっとだ。

上米はＡＰである美南や高東にもキャスティングを任せていいと言うが、「ただし、視聴率一五％以上が条件」とノルマを課すと、

「出来なかったら、わかってるよね？　……切腹だからね♡」

と必殺の脅し文句を呟くのだった。

ＡＰ＝アシスタントプロデューサーの主な仕事は、番組のスケジュール管理、予算の管理、そして、出演者の交渉など多岐にわたる。ディレクターやアシスタントディレクター＝通称ＡＤをはじめ、番組の演出スタッフと関わることが多いため、かけ橋としての重要な役割がある。

「かけ橋、ね」

わかっちゃいるけどなかなか難しい。

《特に本番前ってのはみんな、収録の準備でかなりテンパってるしね》

ディレクター陣はみんな出払っていて、この大部屋には田中チーフＤと枠Ｄしかいなくてデスク周りは閑散としている。

ロケを担当するディレクターたちは本番で見せるＶＴＲ映像＝通称サブ出し映像を編集室で本番ギリギリまで編集している。ロケディレクターが作った映像を今回の収録担当のディレクター、通称〝枠Ｄ〟がこの大部屋でＰＣで見ながらチェックして、直しどころを電話で議論する。

そして方針を決めて時間ギリギリまで編集して、そこからさらに出来上がった映像にどんどんＭＡ＝音付け作業をＭＡ室で同時並行でやっている。

ちなみに編集室もＭＡ室もテレビ局内にはない。通称ポスプロというポストプロダクションＮ＝編集作業を行う編集所が都内のいたるところにあるのだが、ここ赤坂にはそんなポスプロが集まっているのだ。

そこでロケＤとＡＤの各班が、同時並行で何本ものサブ出し映像の編集作業をしている。

その編集作業が収録の開始時間に間に合うのか？

その時間合わせ作業をチーフＡＤの住田(すみだ)が頑張って各所に連絡しながらやっている。住田は局員の三年目。なんと東大卒のエリート。なのに、もう何日も寝ないで風呂も入らずにずーっと番組の作業をしている。現場では学歴も何も関係ないのだ。

住田は大学入る前に一浪しているから四年目の美南と同い年だ。

《なかなか頑張ってるよ、住田くん》

でもやっぱりエリート臭がぬけないのか、プライドが高い。

全部自分で仕切ろうとする。

その根性はエリートにしてはいいけれど、この番組制作の現場では、若干間違っている。

なぜって、番組作りは、自分一人では出来ないからだ。

特にＡＤ作業はどれだけ下にふるか！　ふれるか！　だ。

でも下にふりすぎるとその下のＡＤがつぶれちゃうし、ふらなすぎると仕事が停滞するから難しい。

大切なのは、そのＡＤの能力に見合った作業をどうふるか。

局員がやるチーフＡＤ以外の総勢一〇人のＡＤたちは、制作会社から派遣されてきている。大卒もいるし専門学校卒も多い。やる気のあるやつもいれば、ただテレビ業界にあこがれて入ってきただけのやつ（そう、美南みたいな）もいるし、能力もやる気も玉石混交だ。

実際辞めちゃったり、脱走したりも多い。年齢だって経歴だってバラバラだ。何年ＡＤをやっていてもなかなかＤになれないのもいる。

今、チーフＡＤ住田の隣でカンペ書きのダメ出しをされているベテランＡＤの田沼みたいに。

「田沼さん、何度説明したらわかるんですか、カンペはめくり下ろしの順番で書くんですよ。この書き方だとめくり上げなきゃいけないから、めくるのにいちいち時間がかかるじゃないですか」

「ごめん、住田くん。書き直すわ」

「え、もう書き直す時間ないでしょ、田沼さん。もういいからスタジオで使う小道具のチェックやってください」

ＡＤの田沼はもうＡＤ歴一〇年は超えていて、年齢も三〇歳を超えているけど、なかなか作業がおぼつかない。いわゆるダメADだ。でもダテに歳がいっちゃってるから他の職業に就くのもなかなか大変だろう。

仕事は下に（年齢的にはかなり上だけど）ふればいいってもんじゃないのだ、本当に。仕事をふるっていう仕事も大変な仕事なのだ。

美南は、私立大学を出てテレビ局を受けたが、どこも受からず、制作会社に就職した。二つのレギュラー番組と何個かの特番でADを経験して今年で四年目。

実は三年のAD業務、特に根暗な人が多かった前の番組でかなり疲れてしまって、もう業界から足を洗おうか、いっそのこと辞めちゃおうか、実家の浜松に帰ろうかとか思ってた時に、ならAPやらないか？　と社長に面談で言われたのだった。

ちょうど上米が、『うたカン』のAPを探していて、うちの社長と知り合いだったらしい。そんな風にとんとん拍子に話が進んで、美南は今、このJBSテレビの人気バラエティ番組『うたってカンカン』のAP三カ月目なのだ。

結局その日の美南は収録が終わって片付けをして、深夜にタクシーで帰宅した。部屋に入ると同時にソファに倒れ込む。

深夜と言ったって、まだ二五時。テレビ局は二四時で終わらず、三三時まであるのだ（ちなみに三三時の次は翌日の一〇時）。

「おかえり」と、ダンベルを手にした同居人の木之下（きのした）紗季（さき）から声がかかる。

二人は高校時代からの友人で、紗季は入社四年目の女子アナ。彼女も夜のニュース番組の出演が終わり、さっき深夜タクシーで帰ってきたばかりらしい。

でも帰宅が何時であろうと日課である筋トレを欠かさない。紗季は努力家なのだ。

「今日も本番ギリギリだったー。上米さん、収録途中でサブ出し映像がつまらないって切れ出すわ、さらに収録前の鴨居さんとのＭＣ打ち合わせがまた押して、収録の回しも押して始まって、二組目のゲストはケツがあるし、撮り終わらなかったらどうしようか、まじ焦ったー」

美南の話を笑いながら聞く紗季。収録の日はいつも多かれ少なかれ、同じような話をしているのだ。

その後も深夜に二人で酒盛りをしながら、美南はＡＰ業務の苦労を話す。

美南は性格的には仕切るタイプではないため、ＡＤの仕事はそつなくこなせても、プロデューサー業は決して向いているわけではなく、その点は紗季も心配していた。

とはいえ、美南のとりあえずの目標はあくまでプロデューサーになって自分が企画した番組を持つこと。苦労を重ねつつもＡＤ↓ＡＰと着実にキャリアアップしていることには充実感を抱いていた。

「さきっちょはどうなん？　ニュースの現場慣れた？　生放送、大変だもんね」

一方の紗季も順調にキャリアを磨いていたが、華やかなイメージの女子アナも基本的には会社員であるため、当然仕事はテレビ出演だけではなく、ナレーション録りにイベント司会、電話対応やお茶汲みまで、様々な業務もこなさなければならない。

テレビに出ているタレントとしてのネットでのあれやこれやの誹謗中傷、同僚や上司からの妬みや嫉み、現場でのパワハラやセクハラだってある。

アナウンス部は、身体や精神のバランスを崩すケースも少なくない程のハードな職場なのだ。

二六時を少し過ぎた頃、もう一人の同居人が帰宅した。

同じく高校からの友人である宇田麻里子（うだまりこ）は、昼のワイドショー『ごごおび』のADをしている。性格は明るく天真爛漫。何事も楽しむタイプで仕事に対する愚痴も言わず、三人の中では最も業界に向いてるが、唯一の悩みは入社後に一五キロ増えた体重だ。

とはいえ、そのぽっちゃりした体型も親しみやすさとなり、局内のスタッフ達からもマスコット的存在『マリリン』として可愛がられている。

「じゅかれたー」

麻里子を入れて、もう一回乾杯をした。

麻里子はいろいろ買ってきたコンビニお菓子をバリバリ食らいついている。

さらにカップ麺も同時に食べている麻里子。

こんなんだから、太るのだ。

《ストレスという名の脂肪が、欲望という名の電車に乗ってやってくるのさ。でも、まあ、そんなんでもしなければ、やってけないよ。わかるよ》

いつしか話は愚痴になり、でも愚痴ばっかり言ってるような、真っ暗などよーんとした話ばっかりではないのがこの三人で、こんなことしたい、こんな人とも会いたい、お金も欲しい、恋もしたい、なんなら結婚もしたい、でもちゃんと仕事もやりたい、そんなやりたいことが溢れてて、でもなかなかやりたいことがやれなくて、やりたくないやらなきゃいけないことはたくさんあって、そんな思いをたくさんのご飯とお酒とお菓子とともに飲み込んで、たくさんのおしゃべりで吐き出していた。

もう二七時だけど、至福の時間。

三人はタイプこそ違えど、まっすぐな性格で、良く言えば一本気で、悪く言えば頑固だった。ウマが合ったのもそこに理由があった。

美南は、目標に向かってストイックに地道な努力を重ねるまっすぐさ。

麻里子は、何事も明るく楽しく、私生活では最近職場で好きな人が出来たと嬉々として喋るまっすぐさ。

そして紗季は、周囲の目など全く気にせず自分の価値観に忠実に生きるまっすぐさを持っていた。

二人を前に美南は「いつかプロデューサーになって、自分の番組で世の中をワクワクさせたい！」と夢を語り、会はお開きとなった。

いつの間にか麻里子は爆睡していた。

《今日だけでマリリンは二キロは太ったと思うけど》

紗季は自分の寝室に戻り、麻里子にはブランケットをかけてそのままリビングに放置し、美南も寝室に行く。

疲れ果てていたが、それでも美南には就寝前のルーティンがあった。

疲れている、でも疲れているからこそやらなければいけないルーティン。

それは……大ファンである『島Ｐ』ことアイドルタレントの島本涼（しまもとりょう）のライブやドラマなどのＤＶＤを見ること。

何を隠そう美南はアイドルが大好きで、中でも島Ｐの大ファンで、追っかけまでしていた。美南の足が速いのも、追っかけ時代に脚力が鍛えられたことによるもので、テレビ業界を志望した当初の理由も、「島Ｐに会いたいから」というシンプルなもの。

「不純な動機だね」と紗季や麻里子に揶揄（やゆ）されながらも、「きっかけや動機なんてそんなもんでしょ？」と開き直っている美南が日常で最もワクワクする瞬間が、一日の終わりのこのルーティンだった。

ＤＶＤの再生ボタンを押すと画面に島Ｐの笑顔が映し出される。

もう何万回も見ている、美南が大好きなシーンがある。

それは、歌い終わって、恥ずかしそうにファンのみんなに囁(ささや)くように語りかける「ありがとう」。

あんな「ありがとう」を言われたら、何だって許しちゃうよ。島Ｐの恍惚の表情の「ありがとう」に誘われながら、至福の夢の中へと引き込まれていく。

そして「夢で会えますように……」と、中学時代に初めて東京へ行った時に原宿で買った、ちょっとすれてしまった島Ｐの生写真を枕の下へと滑らせると、自らの体も布団の中へと滑らせるのだった。


「島Ｐのゲスト出演が決まったぞ」

番組収録の翌日。プロデューサー、ディレクターたち全員が揃った定例会議で上米がおもむろに口を開いた。

スーパーアイドルグループＦＬＡＴのメンバー島Ｐが、ソロデビューすることになり、その新曲『ギブアンドテイク』のプロモーションを兼ねて『うたってカンカン』にトークゲストで出演することになったのだった。

スタッフたちからどよめきが上がった。しかしただ一人、美南だけは目も口も鼻の穴も全開の状態で硬直していた。

《来たっ！　……ついに来たっ！　枕の下に写真を忍ばせ続けて十数年!!　ついに来たっ!!　しかも夢の中ではなく、現実で会えるっ!!》

「三崎、どうした？」

上米が怪訝そうに声を掛ける。

美南は「すいません、トイレに」と言うと部屋を出て屋上へ向かった。

そして「うおーーーーーーーーーーーーっ！！！！！」とあらん限りの声を上げると、天に向かって思い切り叫んだのだった。

「夢は叶うっ！！！」

《そう夢は叶うのじゃ！　高校生の頃の、追っかけやって名古屋まで行って終電無くなって途方にくれてた自分に伝えたい……あなたは間違ってないよ！　美南》

島Pのゲスト出演決定で有頂天となって帰宅した美南は、早速紗季と麻里子に報告した。三人の中で誰かにいいことがあった日の夜は、どんなに遅くてもお祝いの宴会となる。

島Pに会えるかも？　と飛び込んだテレビ業界で三年の過酷なＡＤ業務を経て、ついについについに！

さきっちょとマリリンは、心からみなみんを祝福した。

数日後――島Pが所属するG事務所での打ち合わせの日。

胡蝶蘭がたくさん並んでいるビルのエントランスから入り、エレベーターで上がって黒い革張りの何人横になって寝れるんだってくらいの大きなソファがドーンと置かれた豪華な豪華な応接室に通された上米Pと局Pの下沢、チーフDの田中の横で、心ここに在らずといった感じで、小さくまとまって落ち着きがないAP三崎美南の前に、ついに島本涼＝島Pがマネージャーとともに現れた。

「おはようございます」

《おおおおお、昨日のDVDと一緒の顔だ。顔ちっちゃー。ずっと見ていたいいいい》

そんな魂の叫びをなんとか口から吐き出すのだけは思いとどまりつつも、アイドルのオーラが溢れるその姿を見ただけで、美南は失神寸前に陥るが、今日は打ち合わせだけなのになぜか島Pの顔にはメイクがバッチリ施されてあり、上米達は不思議がった。

「さっきスチール撮りがあってそのまま駆け付けたんです」というマネージャーの説明に上米達は納得するが、美南はそんなやり取りも一切耳に入らない様子で島Pに見惚れていた。

《夢だ！　これは夢だ。でも夢でもいい。夢ならこのまま醒めないで……》

美南はそんな夢見心地の状態で「APの三崎美南です！」と、精一杯の挨拶をした。

島Pは無反応だった。

《え⁇　……スルー？？？》

美南は困惑するが、勇気を振り絞り話しかけた。

「あの、わたし、ずっと島本さんの大ファンなんです！」

だが島Pは、美南と目すら合わさずに、

「あ、そ」

と面倒くさそうに返し、さらにだるそうにこう言った。

「……で？」

美南は眩暈を感じた。

《夢だ……これは夢だ。悪夢だ。夢なら一刻も早く醒めてくれ！》

……そのまま意識を失うのだった。

《大丈夫？》と、島Pの端正な顔が心配そうに覗き込み、美南はハッと意識を取り戻すが、現実は島Pではなく、局P下沢の神経質そうな顔が目の前にあった。

すでに打ち合わせは終わったらしく、ソファに横たわっている美南に向かって、上米は不機嫌さを隠そうともせずに「帰るぞ」と吐き捨てる。

局に戻るタクシーの車中でも上米は美南に対して「タレントの前で倒れるなんて言語道

断だ！」と説教を続けたが、美南にはぶっちゃけ馬耳東風。
《だって童話の中でお姫様も王子様に会うと、気を失うじゃない。そりゃそうだ！》
……でも、この恍惚の瞬間を思い出そうと記憶を手繰ると、島Pのそっけない、
「……で？」
その光景がフラッシュバックする。
いや多分間違いだ。
《そりゃそうだよね。あんな島Pありえないよね》

局に戻ると、局P下沢にG事務所のマネージャーから電話が掛かり、美南が事務所に忘れ物をしたとの報告を受ける。

え、スマホ？　バッグの中をみると、確かにない。え⁉　わたし、どうしたっけスマホ？　さっきG事務所行った時スマホ出したっけ？　覚えてない。

多分スマホ取り出してない……はず。だって出したら写メ撮っちゃいそうだから自重してたんだけど、おかしいな？　と一瞬思ったけど、無いものは無い。どうやら気を失い倒れた際に、スマホを落としたようだった。

「お前、何やってんだよ！　三崎よー！」

「す、すみません。取ってきます」

重ね重ねの失態にまたしても上米から罵声が飛ぶ中、慌てて局を飛び出しG事務所へと向かう。

「てめー、タクシー使うんじゃないぞ」

美南は久々に島P関連で走った。

G事務所に着き、先ほど通された豪華な豪華な応接室とは違う部屋に通され、マネージャーやスタッフが常駐するいたって簡素なシンプルな作りの事務部屋の中にいるさっきのメガネのマネージャーさん（通称メガネマネ・だって名前思い出せない）からスマホを受け取る。

「三崎さん、でしたっけ？　島本がソファの隙間にそのスマホが挟んであったのさっき見つけたんですよ！」

《このスマホを、島Pが見つけてくれた⁉　やっぱ優しい？　ていうかこれ島P持ってくれたんなら、間接握手してんじゃん！》

心の叫びは胸に秘めつつ、メガネマネにお詫びとお礼を伝えて部屋を後にした。

すると廊下に出た美南に「大丈夫？」と声が掛かる。

声のした方に顔を向けた美南の目に飛び込んできたのは、島Pの姿だった。

「え……あの」

　突然の出来事に美南はしどろもどろになりながらも何とか失態を詫びるが、島Ｐはそんなことは意に介していない様子で美南に歩み寄る。

「送ろうか？」

「……オクロウカ？」

　あまりの予想だにしない言葉に、瞬時にはその意味を掴み取れなかったが、島Ｐは優しく問いかけた。

「名前、まだ聞いてなかったね」

「あ、みみさみ、みさきみさみ、みさみさ、三崎、美南です」

　滑稽（こっけい）なほどの緊張ぶりを見せる美南に、島Ｐは楽しそうに笑うと、

「車で送るよ」

　と、歩き出した。

　ちょうどＪＢＳテレビでドラマの衣装合わせがあるのでそのついでらしい。だが、運転手が運転する黒塗りハイヤーに乗せてもらえるのかと思いきや、なんと島Ｐの車（外車！それも名前もよくわかんない、大きなやつ！）。しかも助手席に乗れるという。

　ドラマのような小説のようなベタな、というか今時ドラマでも小説でも絶対ありえないような信じられない展開に、

《夢だ！　これは夢だ。でも夢でもいい。夢ならこのまま醒めないで……》

と、またもや失神しそうになった美南だが、何とか堪えて、島Ｐの後を追い掛けた。

隣を見ると、スーパーアイドルの島本涼が運転している。あの伝説の鋭角的横顔が三〇センチ横方向に存在している……なんだこれは、仮想現実か？　はたまた拡張現実なのか？

「ミサミサさん、って呼べばいいのかな？」

「え、あ、はい、なんでも、えー、喜んで！」

つい大きい声で「喜んで」なんて言ってしまう。

《おいおい、大丈夫か、わたしゃ、居酒屋のバイトか！》

「ミサキさんは、プロデューサーさん？」

「あ、はい」

「じゃ、すぐエラくなっちゃうんだ。エラくなったら、オレを使ってね」

「いや、あのまだ駆け出しのアシスタントプロデューサーですから……」

「なんか飲む？」

車が信号で停まると、島Ｐは美南の方に体を寄せて、ダッシュボードボックスを開けようとする。

島Ｐの香りが、美南をかすめた。

そこから缶コーヒーを出す島Ｐ。

「飲む？」

「あ、はい。……これ、島本さんが今宣伝してるやつ！」

「そう、♪君のためにオレが入れたコーヒー」

島Ｐは出演しているコーヒーのＣＭソングを口ずさみながら、そのコーヒー缶を美南の頬にくっつけてきた。

「きゃ！　飲・み・た・い・です」

「お、いいねー。ＣＭの中の彼女と同じリアクション！」

島Ｐは微笑んだ。

《やばい、やばい、やばい、やばい、やばい、これは何だ、ドラマか？　月九か金ドラか日曜劇場か……》

その瞬間、窓の外が一瞬明るくなった気がした。そのタイミングで信号が青に変わり、島Ｐはアクセルを踏む。

「ＪＢＳだとすぐ着いちゃうねー。まだ入り時間まで時間あるから、ちょっと遠回りしてもいい？」

「トオマワリシテモイイ⁉」

「そう、ドライブデート！」

「どらいぶでーと？？？」

美南はもう、日本語の意味さえよくわからなくなってきた。

長いようでいてそれでも一瞬のような島Pとの夢のドライブデートを終えて、局まで送り届けてもらったが、車の中で何を話したのかはもうほとんど覚えていない。

そんな不確かな思い出を反芻する時間もなく、スタッフルームに戻ると、次々に襲って来る仕事によって、あっという間に現実へと引き戻された。

『番組出演者の所属事務所とのギャラ交渉』

『美術の予算を上げて欲しいとスタッフからの依頼』

『最近トイレットペーパーが盗まれてるので犯人捕まえてくれとの指令』

『男性ADが失踪したので探して来いとの命令』

とりあえず、失踪したというAD小久保の自宅アパートに向かったが、不在。

しかたなく局に戻ると、AD小久保は何事も無かったかのように弁当（他番組の収録で残った弁当を他番組のADから差し入れでもらった、鶏そぼろ弁当）を食べていた。

その姿を見て思わず美南は「失踪するならとことんやれ！」とよくわからない説教をしてしまう。

「……はい。ごめんなさい」

小久保は丸々と太っていたが非常にナヨナヨした男で、美南をイラつかせたが、過酷な業務や先輩からのシゴキなどによるストレスで半年で三〇キロも太ったという小久保の嘆きに、同じく一五キロ太った麻里子を思い出し、結局大いに同情して励ましてやるのだった。

小久保がＡＤとして関わっている番組は、『うたカン』のレギュラー番組の他に『猫のような犬』や、『人のようなサル』といった変わった動物を紹介していく『〇〇のような〇〇大集合！』という動物バラエティの特番。その掛け持ちでまいってしまって脱走したようだ。

「なんとか続けてみます。すみませんでした」という彼の答えをなんとか聞いて、

「もういいから、まずはその鶏急の鶏そぼろ弁当食べちゃいな」

と美南は彼に諭した。諭されるまま、すなおに再び弁当をもぐもぐ食べ始める太っちょＡＤ小久保。

美南は思わず、「カバのようなＡＤね」と呟いた。

こんな日々が続く東京・赤坂・ＪＢＳテレビ。

毎日がちょっとずつ違っていて、けれどほとんど変わらない日々。

メトロポリスの片隅で、女の子は夢を抱きながらも、その夢に時に疲れる。

そんな時の美南は、資料返却を装って、地下の映像ライブラリー室に逃避する。

ここには、過去に放送された番組の映像がたくさん保管されていて、過去映像が必要な時に借りに来るのだ。ＡＤ時代にはそれこそ毎日のように来たけど、ＡＰになってからはそんなに来ていない。

そこの管理人は、重岡(しげおか)という好々爺(こうこうや)。

「よう！　美南ちゃんいらっしゃい！　時間潰しかい？」

「違いますよ！　シゲさん、これ返却しに来ました」

「ほー、『金八先生』、懐かしいね」

毎回、重岡が何気なく声をかけてくれるが、美南にはそれがとても温かかった。

「ここに来るとホッとします」

美南はＡＤとＡＰの仕事の違いに対する戸惑いや、過酷な現場の愚痴を言う。シゲさんは、それをニコニコと聞いてくれる。何年か前にＪＢＳテレビを定年退職して、今は嘱託で映像ライブラリー室の管理人をやっている。

「まあ、慣れるでしょ。そのうち。美南ちゃん仕事できるからさ」

「そんなことないです」

「仕事はテキトーにやったほうがいいよ。テキトー。やってもやんなくてもどっちでもいいことは、待ってると向こうからどうせやってくるんだから」

シゲさんはいつもニコニコしている。このニコニコに癒されるのだ。

だが休息も束の間、スタッフから電話で呼び出された美南は、打ち合わせに向かった。

島Pゲスト回はまだ先であり、別ゲスト回の収録が近づいていたが、演出、美術案の予算調整や、スケジュール調整がうまく行っておらず、スタッフの間にはピリピリした空気が流れ始めていた。

なんとかして演出を今この瞬間に決めなければ間に合わない。打ち合わせとは、まさにそれぞれの事情を打ち出して、突き合わせる作業なのであった。その調整はまさにＡＰの重要な役回しだ。

ＡＤからディレクターの演出案を告げられるが、美南は「スケジュール的に難しいと思いますけど」とついイライラが募りぶっきらぼうに答えてしまい、「そこをなんとかするのがＡＰでしょ？」とチーフＤ田中に横から反論されてしまう。

ＡＤには反論できても、チーフＤには逆らえない。それはチーフＤが立場が偉いから……ではなく、彼の言ってることの方が正しいと美南も思うからだ。

でも時間が無いものは、無い。どうするか？

上米に相談しようとするが、別の番組のＰも兼ねているゼネラルＰの上米もただ今かなりテンパっており、恐る恐る上米のデスクに美南が近づいただけで、相談もしていないうちから、「自分で考えて動け！」と一蹴されてしまう。

慣れない仕事にボロボロになって帰宅した美南に、紗季が「大丈夫？」と声を掛ける。

「ダメ……もう疲れた……ダメだ……」

と、這いながら部屋に向かおうとする美南の前に、部屋に向かう途中ですでに力尽きたと思われる麻里子が横たわっていた。

そんな横たわる二人を見つめて紗季は「戦場だね」と漏らす。

それでもなんとか部屋に辿りついた美南は、いつも通りＤＶＤを再生し、島Ｐの歌声に癒された。寝る支度をして、生写真を枕の下へと滑らせる。

「収録日でも会えるけど、夢の中でも会えますように、なんなら恋人にもなれますように」

そう言うと、美南は幸せそうに深い眠りへと落ちていった。

一夜明け、ノックの音で目覚める美南。ガバッと起きて、つい言ってしまう。

「おはようございます」

寝ぼけ顔の美南に「美南！　大変だよ？」と、既にバッチリメイクを終えている紗季がスマホを見せる。そこには、芸能ニュースの記事があり、《島Ｐ、恋人発覚》の文字。

「えええええええええええ！」

美南は出勤前にコンビニに立ち寄ると、すぐさま写真週刊誌『無頼ＤＡＹ』を開きページをめくった。そこに掲載されてある写真を見て思わず声を上げた。

なんとそこに映っていたのは、自分だったのだ。

車の運転席にいる島Ｐと助手席にいる女、――間違いなく、先日島Ｐに車で送って貰った時に撮影されたものだった。

もちろん事実無根のただの勘違い写真なのだが、局内では廊下を歩くたびに人の視線が気になり、エレベーターでは何人かの知り合いに声をかけられ、美南は意外にも、そんな島Ｐとの疑似スキャンダルという偶然襲ってきた至福の時間を堪能していた。

『うたカン』スタッフルームに着くと、局Ｐ下沢は明らかに騒ぎを快く思ってない様子だった。

「おはようございます。お騒がせしてしまって申し訳ありません」

けれど上米はむしろ大歓迎の様子でノリノリだった。

「お。三崎くん、初めて仕事したな。スマホも忘れてみるもんだな！」

ゲストである島Ｐが話題になることは番組的にはプラスのようだ。

その日は少し時間が空いたので、美南は、局内のカフェで女子アナの紗季と会うことにした。

局内とはいえ、一人は女子アナだし、一人は『無頼ＤＡＹ』によるとスラッとした美女だし、みんなこっちを見てそわそわしている。見られるのが慣れっこの紗季はなんともなさそうだ。

紗季にスマホを見せてもらうと、島Ｐ熱愛の話題はツイッター上でもヒートアップの一途を辿っていた。

美南は「参ったなー」と言ってみる。実は少しも参っていない。一応ツイッターのアカウントは持っているが、そんなに見てないしやってない。だから、騒がれている実感がそもそも湧かない。

紗季は「反応しちゃダメだよ」と、静観するよう美南に忠告する。

「うん」

紗季と別れてデスクに戻り、ツイッターをＰＣで開いて見てみた。

すると、なんじゃこりゃー！！！

わたし、呟かれてるじゃん。島Ｐで検索してみるとなんと四〇万件。

読んでみると、わたしとおぼしき人のことが書いてある。

どれどれ？

《なんじゃ、これー！！！

あることないこと、ないことないこと、ときどきあること。

こんなことなんで知ってるの？

そんなことあるわけないじゃん！〈結婚、これはちょっと嬉しい♡〉

いやいや、これ書いたの関係者でしょ！

っていうか、いつの間にか、わたしはブサイクってことになってるよ》

さっきかけられた紗季の言葉がリフレインする。

「反応しちゃダメだよ」

もちろん美南もそのつもりだったのだが、ヒステリックに島Pを批判するツイートも多数上がり始めたことに堪忍袋の緒が切れ、ついに参戦してしまった。今まで数回しか呟いたことない自分のアカウントで書いてみた。

〈祝福できないヤツなんてファンじゃない〉

〈応援するならとことんしろよ〉

美南と同様の意見は他にもあったが、美南が業界の人間、それも『うたってカンカン』のAPであることから、写真の女の正体は美南だと特定されるのに時間はほとんど掛からなかった。

たちまち美南のアカウントも特定され（だってアカウントの写真は島Pのジャケ写にしてたしね）、当の本人が呟いたこともすぐに知れわたり、ついに一斉攻撃を喰らうこととなった。

これって、世に言う〝炎上〟？

翌日、美南と上米と下沢はG事務所に呼び出された。

大学進学して初めて上京した時に、観光がてら訪れてみたG事務所。中はどうなってるのかなと想像してたその白亜の建物の中に、ここ数週間でいきなりもう三度も入ってるよ。わたしってギョーカイ人！　……とかなんとか言ってる場合じゃない！

行きのタクシーの中、下沢は電話をずっとしている。制作局長に今回の件を説明しているようだ。

上米は、ずーっと目を瞑（つぶ）っていた。

いつも饒舌（じょうぜつ）な上米がかえって寡黙なのが、実は一番怖い。

G事務所に入ると、応接室に通された。

メガネのマネージャーからは、正体が判るような行動を取ったことを責められるが、美南は、そもそも島Pに頼まれ駐車場まで仕事として同行しただけだと反論、しまいには「自分も被害者です」と発言してしまった。

そこまで言うつもりは最初はなかったのだが、あまりにもメガネがねちねち言うため切れてしまったのだ。

だがメガネマネは、「どこかで正体が自分だと気づかせたかったのではないか？」とさらにねちねち問い詰めてくる。

そんな気持ちがまったく無かったとは言えず、それどころか、かなりあったような気がして、美南は黙ってしまう。

下沢はペコペコと済まなそうに、上米はニコニコしながら（多分作り笑いだろう、だって目が笑ってない）、「まあまあ……」とメガネマネをたしなめている。

「まあ、上米さんがそこまで言うなら、ウチも荒立てたくないですし……」

と、なんとか事なきを得て、三人は事務所を出た。

そこで上米が吐き捨てた。

「プロ失格だ」

きっかけは仕事でも、写真が発表されて以降の美南は、明らかにAPとしての自覚に欠けていた。上米の言葉はそういう意味だろう。

美南は、その言葉に、心の中でもついに反論できなかった。

局P下沢の提案によってその日はそのまま早退し、三日間の自宅謹慎となった。散らかり放題となっていた部屋の片付けや洗濯など、久々に昼間から女子らしく過ごすことができた。

謹慎中も自身のスキャンダルの動向は大いに気になっていたが、ツイッター上での美南への誹謗中傷がエスカレートし始めたことを知った紗季と麻里子によって、ＳＮＳ禁止令が出され、スキャンダルの報道はもっぱらテレビのワイドショーに頼るしか無かった。

だが、謹慎三日目に「ちょっとくらいならいいよね？」と軽い気持ちでツイッターを見た美南は、そこで自分に対する罵詈雑言を目にしてしまう。

〈勘違いバカ〉

〈よく見ると下半身デブ〉

〈死ねブス〉

頭に血が上った美南は、怒りに指を震わせながらツイートしてしまう。


〈ひがんでんぢゃねーよ、あ⁉〉

嫉妬に狂うファンの神経を逆撫でするには十分すぎるその言葉によって、あっという間に美南のツイッターはさらにメラメラと燃え上がった。
一五分後、美南は上米から「すぐに局に来い！」と電話で呼び出された。
《すごいねツイッター。こんなにみんなが見てるんだ……》
制作大部屋に入るや否や、下沢が、「番組から外れてもらうよ！　いいね！　それと無期限謹慎!!　下手すればやめてもらうからね!!」と顔を真っ赤にまくしたててきた。

そんな下沢を上米は、「起きてしまったことをとやかく言っても仕方がない」と逆にたしなめてくれる。

「大事なのは、これからどうするかだ。わかってるよな？」

厳しい表情で美南を見据えた上米の問いかけに、

「……謝罪ですよね？」

と力なく答えた。

「違う!!」

上米は鋭く言うと、続けて思いもかけない言葉を吐いた。それも目を見開きながら。

「炎上したら、もっと燃やせばいいいんだ」

「は!?」

呆気にとられる下沢の前で、上米は美南のスマホを奪い取り、勝手にツイートをし始める。

〈うらやましーんだろ？　え？〉

言うまでもなく瞬く間に炎はさらに燃え上がった。局P下沢はパニックになる。

「上が、上がっ！」

上米は顔色ひとつ変えず、さらにツイートする。


〈かかってこいや。お⁇〉


上米は自ら発した言葉通り、燃え盛る炎に向かって大量のガソリンをぶちまけるかのような行為をして、スマホを美南に返しながら言った。

「炎上なんて、燃やすものがあるうちは収まらない。だから燃やすものがなくなるまで燃やし続ければいい」

それは人間関係も同じだ！　と続ける上米。

「意見がぶつかったらとことんやり合う、燃やし合う。燃やして燃やして、何も無くなったら、『この焼け野原に一緒に家を建てましょう！』と、そう言えばいいんだよ」

とかなり特殊な持論を展開してくる。

「それが、プロってもんなんだよ。死ぬ気でやってる者に、〝まあまあ〟はホント失礼なんだよ」

それを聞き、先日、上米が言った「プロ失格だ」という言葉は、美南に向けてではなかったと気づいた。

《上米さんは、自分に向けて吐き捨てたんだ》

下沢は、そんなことはどうでもいいとばかりに「上が、上が、部長が、次長が、局長が！」と、美南の無期限謹慎処分を強く訴える。

だが上米は、

「謹慎はさせない！」

とその訴えをあっさり却下した。

「下沢くん、上には俺から説明しとくよ」

続けて、静かだが力強くこう言い切った。

「三崎は大事な戦力なんだ」

美南は上米のその言葉に感激した。

「ありがとうございます！　私、ご迷惑をおかけした分も取り戻せるように交渉や予算調整も精一杯頑張ります!!」

と頭を下げた。

上米は静かにうなずくと、

「早速だが仕事を与える」

と美南の肩を叩いた。

「実は前に逃げ出したＡＤがまた逃げた。探して来てくれるな」

「え？」

「あの悩みが脂肪になってるＡＤをすぐに探して来い!!　ＡＤの悩みはＡＤをやってないとわからん」

美南は、弾かれたように部屋を飛び出していった。


翌日、写真週刊誌『無頼ＤＡＹ』に掲載された島Ｐの写真について、一緒に写っているのは番組スタッフであり、交際などの事実は無いとＧ事務所から公式コメントが発表された。

それを受けて上米は、美南と下沢を連れてＧ事務所へと向かった。

メガネマネから失言やツイッターなどの件を咎められ、下沢は相変わらず平身低頭するものの、上米は知らんぷりを通した。

そして、下沢の前口上が済んだ頃を見計らって、上米はゆっくり話し始めた。

事の発端ともなった美南のツイートは、

「自分が憧れているアイドルが幸せになりそうなら、祝福するべきではないか」

「好きなアイドルのことは、いかなる時でも応援するべきではないか」

という、島Ｐを思うが余りの言葉だったのではないか？　と美南を庇った。

続けて上米は、「あの写真は仕組んだものですよね？」とメガネマネを逆に問い詰める。

《えー。どういうこと？》

美南と下沢はあっけにとられた。

上米曰く、打ち合わせに島Ｐがメイクを落とさずに現れた時点で何かおかしいと思い、美南を車で送ったと聞き、何か裏があるという確信があったとのことだった。

「あれは写真を撮らせたんですよね？」

メガネマネは悪びれた様子もなく、観念したように仕組んだことを認めると、

「上米さんには、かなわないな。別のスクープ隠しのためですよ」

と白状した。

《え、スクープ？　別のスクープ⁇》

島Ｐが別の女性とスクープされそうになり、それに煙幕を張るため、別の当たり障りのないゴシップ、つまりＡＰ美南とのツーショット写真をでっち上げたのだった。

Ｇ事務所を去り際に、上米はニコニコしながらメガネマネに言った。

「さすがプロですね、おたくの事務所は。こわいこわい」

帰宅した美南は、そのまま玄関に座り込んだ。

二人に相談したかったが、紗季は地方ロケの出張で外泊しており、麻里子はこの日も部

屋の手前で屍（しかばね）のように倒れていた。

騒動は収拾の方向に向かい、発端となった写真においても美南に落ち度は無かったと上米から言われたが、美南はどこか虚しさを感じていた。

憧れ続けた島Ｐと出会えたことをきっかけに、むしろどんどん夢が壊れていっているような、そんな感覚に襲われていた。

《それに、島Ｐの別のスクープって？　誰？　誰とよ!?　そりゃ付き合ってる人いるかもしれないけどさ。でもでも、なんかときめいてたわたし、バカみたい……》

就寝前に美南はいつものように島ＰのＤＶＤを手に取るとケースからディスクを取り出すが、その手がふと止まる。

結局、この夜、美南はＤＶＤを見ることは出来なかった。

朝、起きた。

夢を見ていたけど、どんな夢だったか憶い出せない。

そして、現実を思い出した。

今日はスタジオ本番の日だ。

《おはようございます》

『うたカン』島Ｐゲスト回の収録の日がやってきた。

美南はトイレで鏡を見ながら「仕事。仕事。もうわたしは追っかけじゃない」と暗示をかけた。

そして、「わたしは、ＡＰ」とつぶやき、トイレを出て行く。

収録が始まった。

さわやかな笑顔を浮かべ饒舌な島Ｐ。でも美南の脳裏に悪夢が蘇る。

……わたしに素っ気無い島Ｐの「あ、そ」……。

……わたしにだるそうな島Ｐの「……で？」……。

あれが、本当の島Ｐなんだろうか？

目の前で収録中の島Ｐ。王子様のような輝きを見せる島Ｐ。

スタジオで見てる観客もスタッフも彼の笑顔にうっとりしてる。

……わたしに気を使う島Ｐの「大丈夫？」……。

……わたしに照れて言う島Ｐの「送ろうか？」……。

どっちが本物？

どっちも演技？

アイドルだから？

タレントだから？

芸能人だから？

思わず「夢と現実か……」とため息交じりに声がもれてしまった。

収録はスタジオトークが順調に進む。そして歌収録のセットチェンジがあるため、一度休憩に入った。

島Pは「久々のバラエティ番組だから、キンチョーして全部飲み干しちゃった」と照れながら飲み物をリクエストした。

そんな言葉に、「かわいいっ！」の歓声が客席の女たちから漏れ聞こえる。

美南はすかさず用意していたドリンクを島Pに手渡す。

もはや美南は島Pの顔を見ることもなく、黙々と仕事をこなすばかりだった。

収録は無事終わった。

内容的には最高だった。上米も田中も、下沢だって、他のディレクターも、やり遂げたって顔つきのチーフADの住田も、眠そうでうつらうつら舟を漕いでいるベテランAD田沼も、そして逃げてまた戻ってきた太っちょAD小久保も、みんな満足げに充実した顔で「お疲れ様でした！」と言い合ってる。

美南も満足していた。

でも内容的に満足だった分、夢から醒めたようだった。

多分、美南の長年の夢も終わったのだろう。

夢は、現実になると、目が醒めるのだ。

そして目が醒めると、自分が見ていた夢を決して憶い出せない。

わたしの見てた夢はなんだったのだろうか？

どんな夢だったんだろうか？


美南が収録の後片付けをしていると、一人の男が近づいてきた。

「ねえ」

振り向くと、そこには島Ｐの姿があった。

なんだ、この展開？　胸がドクンドクンと、爆発しそうなくらい高鳴っている。

彼は手にしたドリンクを美南にひょいと見せる。

「オレ、最近これ好きなんだよ。よくわかったね？」

美南は思わず「……ファンですから」と言いかけるが、ぐっと堪えると、

「ＡＰですから」

と答えた。

「色々世話になったね」と美南に礼を言う島P。

そしておもむろに「ギブアンドテイク」と新曲のタイトルを呟くと、

「この業界ってさ、縁と恩だからさ……今回はオレがテイクしちゃったから、いつか君にギブするよ」

「え？」

そう言って美南を見つめ、

「三崎美南さん、どうもありがとう」

と最高の笑顔を見せ、お辞儀して島Pは去っていった。

《なに、なんなの？　これ、なんなの？》

張り詰めた高まりが、爆発しそうだった。

試しに息を吐いてみる。

ぶふぁーっ！

「生ぎでで良かった！」

最高の、「ありがとう」じゃんか！　あのDVDでよく見る、最高の笑顔で、ファンのみんなに囁くようにつぶやく、あの島Pの「ありがとう」。

それが、美南の目の前で、今現実に起こったのだった。

《独占しちゃった！　うふふふふ、わたし専用の、「ありがとう」ゲットしちゃった！》

やっぱ、最高。

島P最高。

あの笑顔は、本物だ。

《あんな「ありがとう」言われちゃった日には、わたしゃ、復活だよ！

夢は復活‼　大復活‼

夢は、やっぱ叶うんだよ！

現実って戦場から、無事帰還しました、わたし。

ていうか、夢だろうと現実だろうと、もうどうだっていいのだ！

わたしはわたしで、このメトロポリスの片隅で、ただただ頑張るだけなのだ！》

そこへ、上米が笑みを浮かべて近づいてきた。

恍惚とした表情の美南は我に帰り、少し照れたような表情を見せると、

「色々ご迷惑をおかけしました！」

と元気に頭を下げる。

だが上米は美南の言葉に反応することなく、

「あ、今度の『うたカン』の年末スペシャル特番のゲスト候補、森沢洋子（もりさわようこ）に絞ったから」

と大物歌手の名前を出した。

「上米はニコニコしながら言うのだった。

「え？」と戸惑う美南に向かって、上米はニコニコしながら言うのだった。

「出来なかったら、わかってるよね？　……切腹だからね♡」

戦慄を覚える美南。

ＡＰの仕事に休息はないのであった。


——つづく。

エピソード2：奇跡の視聴率『時代はまわる』

「そんな時代もあったねと　いつか話せる日が来るわ」

多忙を極めるＡＰ三崎美南は、この日も『うたってカンカン』のＡＰ業務の合間に、歌番組『キャウントダウン』のカメラリハーサルで、出演ゲストの代役として乙スタジオで歌っていた。

今日の歌は『時代』。

あの伝説の大物アーティスト中島みゆきの大ヒット曲だ。とはいえ中島みゆきが出演して歌うわけではなく、なんでも新人アーティストの家出リオがカバーするので、美南はそのカメリハ代役なのである。

最近は振り付けがあろうがなかろうが、毎回収録の代役カメリハに呼ばれるようになった。どの番組もスタッフ不足だし、代役頼むバイト代も勿体無いのだろうしね。それにこんだけ一生懸命歌ってくれる代役、なかなかいないらしいからね。

さらに最近は、次回の収録のゲストが決まると、わざわざここ赤坂の街のカラオケに行って事前練習もしちゃったりしてる。同居人の麻里子（情報番組のＡＤ）と一緒に。わたしも麻里子も、ディレクターの待機指示でなかなか帰れないけど、だからってやる仕事もない空き時間を利用して、練習と言う名のストレス発散カラオケをやってるのだ。

「まわーる、まわーるよ　時代はまわる」

今日も、気分よく歌いまくる美南。練習の成果もよく出ている。

《この仕事が、実は一番楽しいかもしんないなあ。あくまでボランティアだけどさ》

一番が終わったところでディレクターからカットの声が掛かり、音が止まってしまった。演奏する生バンドの人とフロアのＡＤがインカム越しに、なにやら曲の長さでやりとりしている。

近寄ってきた別のフロアＡＤに、思わず美南は食って掛かる。

「この歌はさ、ここからの二番が一番いいんですよ！　二番が一番いいってわかりにくいけどさ！　一番と二番の詩の落差にこの曲のスパイスが隠されてんだよねえ。おたくのディレクターは知らないの！　音楽番組やってんのに‼」

だがやってきた若いＡＤは、「上からの指示なんで」の一点張り。

《ほーほーほー、そう出ますか？　そんなアシスタント的な、自分は上のディレクターに言われたことを忠実にタレントさんに伝えてるだけなんで的な流れ作業をやってるなら、テレビマンなんてやめちまえ！　的な、いつも我が番組『うたってカンカン』の上米龍三

郎チーフプロデューサーが、うちらスタッフに怒鳴りまくってるように、わたしもこの場で怒鳴っちゃうよ！　おう⁉》

……とかなんとか思ったけど、そもそもわたしはタレントじゃなくてあくまでカメリハ代役だし、他人の番組に口出す身分じゃないし、『キャウントダウン』の福島訛りの渡辺プロデューサーさんが近くにやってきたので、その思いは胸にぐっと押し殺してみる。

「美南ちゃん、今日もいい声してるねー。歌い込んでるねー」

「ありがとうございます！」

「『時代』はいい曲だよねー。二番も聴きたいよねー。この曲は一番の前向きな感じの詩が、二番で急に悲しくなっちゃたりして、実はそこが味なんだよねえ！」

《お、このおっさん、さすが音楽番組のプロデューサーを長年やってるだけのことはある！》

「あ、はい！　ベーナーさんもそう思われますか？　私も今一番で止まっちゃって、すごく残念な気持ちになりました」

この渡辺プロデューサーは、ベーナーとみんなに呼ばれている。

聞いた話では、渡辺さんが若い頃に渡辺を略してナベになり、それが芸能ギョーカイ特有の逆さ言葉（六本木がギロッポンてやつね！　寿司がシースーとか）でベナになり、それが独特の抑揚つけて、ベーナーと呼ばれてる。昔からだそうだ。むしろ略称が長くなっちゃってるって、どんなギョーカイじゃ。

「でも、仕方ないんだよねー。二番まで歌うと、数字下がっちゃうからねー」

「え？　どういうことですか」

「歌番組ってのはさー、ひとつの曲で二分過ぎたら、決まって視聴率が下がるんだよねえ。どんな名曲でも」

ベーナーさんは美南にくわしく解説してくれた。

最近、トーク主体や過去映像が流れたりする音楽番組が多いのは、まさにそういう理由だ。アーティストは自分の曲を聴いて欲しくて、新曲をリリースした時は特にテレビに出演するが、長く歌えば歌うほど視聴率のグラフは右肩下がりに落ちていくらしい。

なので音楽番組にゲストアーティストをキャスティングする時に大事なことは、どんだけ曲を短く切り上げてもらえるかなのだ。

一番とサビの繰り返し、通称ワンハーフと呼ばれるその二分以内で楽曲の演奏を済ませることが出来たら、番組サイドのキャスティングしたプロデューサーの勝ち。

逆にアーティストの事務所や所属するレコード会社の担当が、プロデューサーをなんとか説得して、フルコーラスを歌えたなら、アーティストサイドの勝ちである。

でも実際、ほとんどの歌番組では、曲は二分以内。ＭＨＫの『赤白歌合戦』でも、テレ夕の『音楽ステーション』でも、めったにテレビに出ない大御所が、テレビ初登場とか、それこそ番組の目玉としてお願いするときに限っては、むしろ一曲を長く歌ってもらうより、それこそ視聴者のみんなが知ってる往年のヒット曲と、まだみんなが聞いたことのない新曲の抱き合わせで二曲歌ってもらうとかが、最近のトレンドらしいのだ。

ベーナーさんは最後に言ってのけた。

「音楽番組プロデューサーは、出演交渉する際に、『アーティストの演奏時間をどれだけ短く交渉できるか』が交渉の〝腕〟なんだよねー」

《ほー、知らなかったわ。そんな事実》

確かに歌番組を担当したことのないテレビ制作マンは、テレビ局にいてもこのことを知らない。それくらい歌番組のスタッフというのは、バラエティ番組のスタッフの中でも特殊な部類に属するのだ。

ちなみにベーナーさんも歌一筋三〇年、年末には『輝こうぜ！　日本レコード大将』の総合演出を長年やっている。

《あれ、でもそういえば、『うたってカンカン』って〝歌って〟ってタイトルにあるじゃん！　これってれっきとした歌番組なんじゃないの？　だってこの前だって、島Pがゲストでやって来て歌ったし、年末スペシャルのゲストは、大物歌手の森沢洋子にするってわたしに言ってたし》

「お前そんなことも知らないで、番組のＡＰやってんの？？？」

制作大部屋に戻り、上米に聞いてみたところ、案の定かなりの勢いで解説が始まった。

「『歌ってカンカン』って純粋な歌バラエティだったんだよ、立ち上げ当初はさ。でも音楽だけだと数字取れないからな、なかなか数字で苦戦してな。でチーフＤの田中ともかなり相談してさ。いろんなゲストが出るようにしちゃえばいいじゃんかって、あいつのアイデアで思い切って企画変更したんだよ！　なので、〝歌って〟も、〝うたって〟ってひらがなに変えた。〝うたって〟ってのは、人生の醍醐味とかをゲストが語る＝謳(うた)うって意味もあるんだよ！　田中はそういうとこかなり優秀だな」

《この場にいないチーフＤの田中さんを褒める上米さん。上米さんって毒舌なくせに、けっこうストレートに人のことを褒めるな。聞いてて悪い気がしないし、みんなこれにやられるんだな。この人のプロデューサーとしての魅力だ》

……美南はそんなことを思いながらも、上米の話は続く。

「そしたら、数字がバンバン上がってな。で、豪華なゲストが人生を語って、その人の過去の再現ドラマを見て、歌手が出たら歌ってもらってっていう今のスタイルに落ち着いたんだよ」

「そんな企画変更があったんですね。そもそもなんで上米さんは歌番組を企画したんですか？　……なんか意外です」

その美南の質問が気に入ったのか、上米の話は止まらない。

「お、聞くねえ。もともと、俺は音楽畑出身なの！」

「え⁉　そうなんですか？」

「かの有名な伝説の歌番組、『ザ・バストテン』の最後のチーフＡＤだもん」

「えー、上米さんもＡＤやってたんですか？？？」

「当たり前だ。ＡＤやらない奴は、ディレクターにも、プロデューサーにもなれない。いや厳密に言えば、ＡＤやってなくても、プロデューサーなっちゃう奴もいるけど、それだと、番組作りが根本でわかってないから、なかなか難しい。なあ下沢くん？」

「あ、はい……かなり難しいです！」

自分のデスクでＰＣを打ってた局Ｐの下沢が、急に話を振られてもすかさず返答する。返答が無いと上米は、機嫌が悪くなって怒り始める。

それを事前に回避する下沢の危機管理能力、機を見るに敏だ。だからこそそのお目付役、番組のコンプラ担当でプロデューサーをやってるだけある。

ちなみにテレビ局員のコンプラを監視するプロデューサーを、制作会社の人間は《局Ｐ》と陰で呼ぶ。上米だって局員なわけだから、言ってみれば本当は局Ｐなのだが、彼の暴発的な企画演出は、外部のスタッフ以上に自由に満ちていて、局Ｐとは言えない……。

美南はそんな局内のいろんな人の行動原理にいちいち得心する。ＡＰをやっているうちに人の見方がだんだんわかってきたのだ。人の行動原理がわからないと、キャスティングは出来ない。

美南は局Ｐ下沢の経歴にも興味が出てきた。

「え、どういうことですか？　下沢さんはＡＤやってないんですか？」

「下沢くんは、営業が長かったからね。それから管理部行って予算管理をやって、経理にもいたっけ？　だろ、下沢くん？」

上米の解説の途中で、すかさずノートＰＣをたたみ、こちらにするするとやってきた下沢は、

「はい、いろいろな部署にまわされましたけど、器用貧乏ですかね？　どの部署も結局長くないまま、一二年目でなんとやったことない制作局の、それも大プロデューサー上米龍三郎がやってる大番組の新人プロデューサーですよ。なので三崎さんが来る三カ月前に僕も『うたカン』に配属されたわけで、まだプロデューサー歴は半年。実は美南さんとあまり大差ないんですよ」

《へー、そうなんだ、知らなかった。この前の写真事件ではわたしのこと、番組クビだって吠えてたくせにさ。それにしても上米さんに大プロデューサーって枕詞を自然につけるの上手いな、さすが上を見続けて一二年目の下沢さんだな、これも勉強になる》

その下沢のおべっかに、まんざらでもない上米が続ける。

「いやいや、下沢くんはなかなかキモい部署、いつもまわされてるよねー。でもきっちりどの部署でも結果出してから動いてんじゃん。こういうやつこそ出世するんだよねーこの会社は。今回俺のところ来たのも、予算とかコンプラとか、俺の監視役、上から仰せつかってんじゃないのー？」

ドキッとした顔をしつつ、即座に否定する下沢。

《きっと仰せつかってんだろうなー。わたしが言うのもなんだけど、上米さんはホント危険だからね。数字取るならなんでもするし！　もしこれで数字実際取ってなきゃ、いつ飛ばされたっておかしくないくらいの危険人物だから》

二人の会話の駆け引きの中にも真実が垣間みえる。

上米はどんどん続ける。

「こいつ、こう見えてＭＢＡの資格持ってんだよ」

いえいえ、と照れながらもうなずく下沢。

《ＭＢＡって、あのなんかすごいビジネスキャリアなんでしょ？　よくわからんけど。そんなすごいキャリアの持ち主なんだ。いつも上ばっか気にしてるのに、人は見かけによらないなー。ていうか、テレビ局に受かるのはすごい人ばっかなんだな、わたしが受けても落ちるわけだ》

美南は、四年前の就職活動を思い出した。

《テレビが大好きで、島Pと一緒に仕事するんだって、そのためには絶対テレビ局に入るんだって、思い続けた大学の四年間。就職活動では全国ネットのキー局をはじめ、国営放送、在阪の準キー局も、なんなら地元静岡の放送局も受けたけど、全滅だった。それでもやっぱりテレビ番組が作りたくて、結局制作会社を選んだけど、ここだけの話、給料はほんと圧倒的に低い。そんな高給取りの優秀なテレビ局社員と、わたしのようなただのアイドル好きの制作会社からの派遣が一緒になって、寝ないでひとつの番組作ってる。テレビ局ってなんか不思議な職場だよ。あそこのデスクでは東大出の局員三年目のチーフAD住田くんが領収書精算でウンウンしてるし、その隣ではベテランダメADの田沼さんが、自分が撮って来たロケハン映像見ながら、なにが可笑しいのかへらへら笑ってるし……》

「確か、上米さんは『ザ・バストテン』のAD時代に、あの歌手が毎回登場する時の、ガラスのくるくる回る回転ドアを後ろで回してたんですよね？」

「お。さすが情報通でMBA持ってる下沢くん、なんでも知ってるねー。当時のディレクターはベーナーさんでさ、もっと勢いよく回せって怒られたよ。そしたら次のゲストの時、高速で回しすぎちゃって、アイドルが出られなくなって、もうめちゃめちゃ怒られたよ！」

「え、ベーナーさんも、上米さんに怒ったりしてたんですね？　今じゃ考えられませんねー」

　いつのまに、上米との会話が下沢のペースで続く。

《なるほど。上の立場へのこの座持ちのよさも、下沢さんの魅力なんだろうなー。いつも下の立場のわたしたちには「上が上が」ってうるさいけどね》

美南だって『ザ・バストテン』はもちろん知っている。毎週視聴率三〇%を叩き出していたJBSテレビの伝説のおばけ歌番組だ。美南が物心付いた時には終わっていたけれど、懐かし映像とかで今でもよく見る。

上米は気をよくして『ザ・バストテン』の創設エピソードを話し始めた。

《この人ほんと話すと止まらないなー。でも自分の知らない時代のテレビの話、すごく興味ある》

上米によると、この『ザ・バストテン』は当時ものすごく画期的な番組で、今では音楽番組でよく見る〝ライブ会場や地方の名所からの音楽中継〟も、実はこの番組が生み出したスタイルらしい。

上米の話を、その場にいた他の番組スタッフもいつしか熱心に聞き始めた。いつものことだが、これが『うたカン』の上米プロデューサーによる番組スタッフ教育法なのだ。

つまり〝先人に学べ!〟

上米も自分が『ザ・バストテン』のADだった頃に、先輩から話をよく聞かされたんだろう。

気をよくした上米は、いつしか演説口調になっていた。

「いいですか、みなさん。それまでの歌番組では歌手はスタジオのセットの前で楽曲を披露するだけでした。

しかし『ザ・バストテン』はその時の人気の楽曲をランキング形式で発表するという今までにない斬新な音楽番組だったのです。

当時の音楽番組は放送や収録の日に東京赤坂のＪＢＳテレビに来ることができるアーティストだけが出演していました。つまりそういう物理的なスケジュールの都合や芸能事務所やレコード会社との力関係で出演者を決めていたのですが、それだと本当のランキング番組はテレビではやれないことになります。

それこそ当時の〝中島みゆき〟さんや〝春山千松〟さんはそもそもテレビ出演自体ＮＧでした。

でも僕の先輩にあたる当時のＪＢＳテレビの若きディレクター重岡脩二は中島みゆきさんが大好きで、『時代』がヒットしててもテレビには彼女は出てこない。……それはおかしいんじゃないか？

『ラジオでは流れるけどテレビではほとんど聞けない中島みゆきさんをテレビに出したい』

『テレビで本当の〝音楽ランキング番組〟を観たい』

そんなテレビマンの熱い一途な思いで、

『もしその日出演できないアーティストがいれば、その時は司会の〝比目(ヒメ)クロシ〟さんが本当の理由を言って謝ればいいんじゃないか……』

というものすごく斬新な、それでいてバカ正直な演出を思いつき、そこから番組名物の〝徹柳(てつやなぎ)くろ子(こ)〟さんと〝比目クロシ〟さんの丁々発止のやりとりが生まれたのです。

またその考えは、

『当日アーティストが地方にいて東京赤坂のＪＢＳテレビのスタジオに来れないんだったら、そこから中継しちゃえばいいんじゃないか……』

という発想に行きつき、それが新幹線のホームで歌う〝俊原(としはら)タシ彦(ひこ)〟さんやアメリカの砂漠で『ＫＹＯＴＯ』を歌うジョリーこと〝研田沢二(けんださわじ)〟さんなど数々の伝説の〝音楽中継〟と、それを和宮松彦(かずみやまつひこ)さん等のアナウンサーがリポートする〝追っちゃうマン〟という大ブームを生んだのです」

上米の演説が終わると、スタッフから感嘆の声があがる。

美南は、上米の言葉を反芻してみる。やりたいことをなんとしてでも実現する制作者はかっこいい。わたしもいつかそうなりたい。

《わたしにも、なれるかな？》

ところでなんて人だったけ？　その『ザ・バストテン』を作った上米さんの先輩。

美南は上米に聞き直す。

「重岡脩二さんだよ」

重岡……どっかで聞いた名前？

「シゲさんだよ。ライブラリー室の！」

「ええええ！　ライブラリー室のシゲさん？」

「お前、知らなかったのかよ。シゲさんはＪＢＳテレビ切っての伝説のディレクターだよ。

「鬼のシゲさんって、当時呼ばれててさー。もう怖いの怖くないのって、ものすごく怖いんだよ」

《知らなかった。シゲさん。いつもニコニコしていてあんなにやさしいのに。かつては鬼だったのか……人は見かけによらないって、このことだわ》

そんなこんなで歌番組に一家言を持つ上米は、『うたってカンカン』の人気コーナー『うたカン人生劇場』に、めったにテレビに出ない森沢洋子を呼びたい、出来れば特別版として年末スペシャルの企画に当て込みたいと言った。さらにみんなの前で、ＡＰ美南に森沢への交渉を指示した。


「……はい、ということでこの『うたカン』の未来はひとえにこのＡＰ三崎美南さんの細腕に、重くのし掛かっているのであります！　みなさま、乞うご期待！」

「はい、頑張ります！」

《って言うしかないじゃんかよ。……ううう、出来るかな》

「森沢さんが出てくれるなら、これで『うたカン・年末スペシャル』行けますね！」

とチーフDの田中洋平もようよう意気込む。

「じゃ、年末スペシャルが行けるか、行けないかも、三崎さんに掛かってますね」

と局P下沢もすかさず付け足す。

《森沢洋子。名前は当然知ってるけど、どんな人かよく知らない。調べなくては……》

まずは番組の仮構成を決めるため、チーフD田中と、構成作家、リサーチ作家、数人の担当D、AD、そして担当APの美南も参加して打ち合わせを行った。

同時に、彼女の過去の雑誌記事や著作、今まで出演した番組をリサーチしてみる。

森沢洋子の人生はかなり波乱万丈だった。

「お金、移籍、不倫、略奪愛、薬物、結構いろいろありますね、この人の人生……人は見かけによらないな。こりゃ番組で全部描けたら、結構話題掴めますね！」

番組のチーフ構成作家のズッキひろむが、上がって来たリサーチ資料をパラパラ見ながら、喜んでいる。

ズッキ氏は人気構成作家で、打ち合わせの時間はなかなか取れない。上米が参加する会議か、田中が主催する会議にはちゃんと来るが、普段のディレクターとの会議は遅刻したり、ドタキャンしたりするため、下のスタッフからは評判が悪い。

でも上米は番組に使い続ける。ギャラだって結構高い。

以前美南はなぜズッキを使い続けるのか、上米に聞いたところ返ってきたのは、

「え！　だってどの作家よりアイデアがバンバン出てくるでしょ！　時間じゃないんだよ、おもしろいかどーか？　そのアイデアを俺はお金で買ってんだよ！」

という返事だった。

ズッキの言葉にチーフＤ田中もリアクションする。

「確かに！　これ、森沢洋子をスペシャルゲストにしようって上米さんが言ったの、そういうことだったんですね。こんな壮絶な人生だったんだって知らなかった」

「上米さんは、知ってたんだねー。やっぱあの人すげーわ！」

ズッキ氏はそう言って、スナックをぽりぽりつまみながらバンバン番組構成案を語り出した。

「まあ、再現Ｖを時代ごとに分けて数本作って、その間にＭＣ鴨居くんとのトーク挟んで、最後に、彼女のヒット曲歌ってもらうとかかな。こんだけすげー人生なんだから正攻法でいいんじゃない？」

「曲は何歌ってもらいますかね？　いい曲いっぱいあるからなー」

「でも、短くしないと、数字落ちちゃいますよ！　歌はなんでもいいから、一曲歌ってもらって、最後にエンドロール出して一緒に処理しちゃえばいいんじゃない？」

それを聞いた田中はちょっとだけ不満げな顔をした。往年の歌手に出演をお願いしているのに、その人の歌唱シーンを処理と言ってのける構成作家。

でも田中は反論しない。ズツキの言ってることは全く今のテレビの視聴率グラフ的には正しいのだ。

《わたしだってそう思う》

スタッフの名前が載るエンドロールも、最近は高速で流す番組が多い。エンドロールが流れた瞬間に視聴率が下がり始めるからだ。

つまり、視聴率が期待できない楽曲とエンドロールを番組最後に高速で一緒に処理する演出は、確かに今の時代には理にかなっているのだ。

美南は、そんな構成作家とチーフDのやりとりを必死にノートに書き込んだ。

その構成案に「?」と書き添えながら。

はたして、そんな番組構成を森沢サイドがOKするのだろうか? だって、そもそも出演の許諾だって握っていないのに……。

ADはホワイトボードに構成案を板書する。ズツキが早口になったりして、それに田中さんも合わせるように(負けじと)どんどんアイデアが湧いてきて、ADの板書が間に合わなかったりして、

「早く書けよ! ていうか、お前漢字間違ってるぞ、字知らねーな」

とかなんとかど突かれながら会議は深夜に及んだ。

美南もリサーチ資料をパラパラ読んでみる。

《ほんと、この人すげー人生だ。こんな災いのデパートな人生、会ってみたらどんなおばちゃ……あ、失礼、どんな女性なんだろう？》

数日後、美南が森沢洋子の個人事務所に連絡を取ると、マネージャーから詳しく話を聞きたいと返事があった。なんでも、出るも出ないもやるもやらないもいつも仕事はすべて本人が決めているらしく、本人に直接会って説明してもらわないと、どうなるかは皆目わからないそうなのだ。

それを上米に報告すると、目を瞑りしばしの沈黙。

やがて目を開くと、

「よし、彼女の事務所に俺も一緒に行ってみよう。至急アポ取ってみて！」

美南は上米同行のもと森沢の事務所に行き、対面を果たした。

実際お会いした森沢洋子さんは、すごく上品で、そしておっとりと喋る、礼儀正しい女性だった。

この気品が、彼女の曲にも溢れているのだろう。

だからこそ、彼女の歌は時代が巡っても色褪せない。

聞くものを、どこかすがすがしい、それでいて懐かしい気持ちにさせてくれるからだ。

でも、そんな上品でおっとりした、礼儀正しい人が出る番組を、今の地上波ゴールデンで放送したって、それこそ年末の各局が慌ただしいがちゃがちゃした今年の総決算的なお笑い番組や情報番組をやるなかで、視聴率競争に勝ち残れるのか？

実際、『うたカン』の人気企画『うたカン人生劇場』の売りはむしろ〝どぎつさ〟だった。こんな有名人にも、こんな大変な〝人には言えない〟過去がある。

お金でもめた。

事業に失敗した。

恋愛でドロドロした。

病魔と激闘した。

人はそんな他人の人生の困難さをちらっと覗き見してみたいのだ。

「『うたカン』は人生を紹介する番組なので、森沢さんの人生で、ギリギリのところや衝撃的な話、要するに波乱万丈なキモの話をしていただければ、当然番組制作側としては視聴率が見込めてありがたいのですが……」

などと、目の前の上品な森沢さんに、そんな話を出来るわけがない。

当然森沢さんは、そんな自分の人生のキモの部分など公衆の面前で話したくはないはずだ。アーティストは自分の生み出した楽曲だけで勝負したい。

しかしそれでもトークバラエティ番組に出演するのは、やはり自分の楽曲を大勢に聴いてもらいたいからだろう。

テレビにでれば、みんなが知ってくれる。アルバムだって売れる。

ネットに押されて元気が無くなったと言ったって、テレビはまだものすごいパワーだ。視聴率一％は、俗に一〇〇万人と言われている。

つまり視聴率一〇％の番組だって、なんと一〇〇〇万人が見ているのだ。それこそ年末スペシャルがいい数字になれば、もっと効果はあるはずだ。

だから森沢さんとしては番組内での自分の人生を語る再現Ｖとトークは無難なものにして、ご自身の楽曲をたっぷり歌いたいんだと思う。

私たちのぶっちゃけた下品な打算を先に話すか？

上品な彼女のぶっちゃけた気持ちを先に聞くか？

上米と美南のテーブルの向かいに座った森沢洋子と（何年も彼女の付き人やって歳をくってしまったに違いない）初老の無口なマネージャー。

コーヒーを飲みながら、森沢洋子はニコニコと笑みを浮かべつつ、上米の話を聞いている。

美南が、さらに番組の詳細を説明する。当初は緊張していた美南も、

《わたしみたいな小娘が番組の概要を説明していても、しっかり目を見てちゃんと聞いてくれてる》

その姿勢には、ベテランと聞いて誰もがイメージするような傲慢さなんて、微塵も感じられない。

《やっぱりすごい凛としてる。あんなドロドロした過去があったとか、想像付かない》

やがて、番組の概要を一通り聞き終えた森沢洋子はゆっくりと話し始めた。

つまり、最初にぶっちゃけたのは、森沢洋子の方だった。

「もし貴方がたの番組に出演したら、何分くらい歌わせていただけますか？」

森沢の代表曲に、一三分近くある名曲『ひまわりのまわりで』がある。

ベテラン歌手の森沢洋子は、今まで楽曲を短くされる交渉をいろんな放送局の番組制作者と長年何百回もして来たに違いない。

出演交渉の最中に、つまり上米と美南にカマをかけてきたのだ。

「『ひまわり～』を歌うならば、何番まで歌わせてくれるのかしら？」

森沢洋子は、さらにカマをかけてきた。

「確かＭＨＫでは、半分の五分くらい歌わせてくれましたよね……」

隣のマネージャーと話している。

スタジオで何を話すか？　人生をどう描くか？

そんな美南たちが一番関心がある話を吹っ飛ばして、いきなり楽曲の尺の長さを聞いて来たのだ。

森沢さんの質問に、上米プロデューサーはどう答えるのだろう？

横をちらっと見ると、目を瞑っている。答えに窮（きゅう）しているのか？

《わたしならどうするだろう？　わからない。正直どう答えればいいか皆目わからない。視聴率は欲しい！　そのためには森沢さんには出て欲しい！　でも五分も歌われたら視聴率が落ちてしまう！　万事休す。一体どうすればいいのだろう？》

するとと、上米は目をぐばっと開けると、突然怒り出した。

「あなた、何言ってるんですか？　僕らをバカにしてるんですか？」

それを聞いて、森沢は目を丸くした。

上米は続けた。

「僕らは森沢洋子に全部まるまる歌ってもらいたくて、番組に出て欲しいと今日お願いに来てるんですよ。そこら辺の安いテレビ局の安直なテレビマンと一緒にしないでください。あの長い長い、だからこその名曲『ひまわりのまわりで』を、一三分まるまるフル尺で、僕らの番組でぜひどどーんと歌ってください！」

森沢は心底びっくりして、そして感動しているように美南には見えた。

長年歌手活動をしていて、あの長い名曲全部を「フルコーラス歌ってください！」ってテレビマンにお願いされたのは、多分初めてだったんじゃないだろうか？

そして、上米は続ける。

「でも森沢さんみたいな素晴らしい方に出演してもらって、僕らは恥ずかしい視聴率を取るわけにはいかない。なので、森沢さんがまだテレビでは話していない、あの恋人のエピソードを今回話していただけませんか？」

森沢が人気絶頂の頃、不倫スキャンダルとしてかなり巷で話題になった、悲しいエピソードがある。

テレビで森沢がその話を語ったことは一回もない。

美南たちは彼女のことを事前リサーチして、その秘蔵エピソードがあることは掴んでいた。だが、森沢は番組に出演したとしても、そのことを話すのは嫌がるだろうと事前に予測していたのだ。

実は今回のこの出演交渉には、このエピソードも話していただきたいという、こちら側の思いもあったのだ。

さらに、上米は続ける。

「あの恋人とのエピソードを今回この番組でお話しください。そして、視聴者の皆さんは、そんな悲しい思いを経験して森沢さんがあの名曲『ひまわりのまわりで』を作ったのだと知る。そしてその後、その『ひまわり～』を森沢さんがフルコーラス完全に歌い上げる。

……きっと視聴率は下がりません」

しばし沈黙の後、やがて森沢は答えた。

「あなたがそこまでおっしゃるなら、私の人生で起こったこと、なんでも話しましょう。そして『ひまわりのまわりで』フルコーラスで歌いたいと思います。いい番組作ってくださいね」

交渉は成立した。

美南は上米の交渉術に素直に感動した。

あのタイミングで怒り出すなんて、普通はできるわけがない。

そして交渉の結果も、最高のものとなった。

《すげーぞ、上米。おい、ほんと、マジですげーぞ、龍三郎！》
会社に帰るタクシーの中で、そんな感想を上米さんに伝えようとすると……。
上米は、
「ということで、フルコーラス演奏することになったわけだけども、視聴率下げるわけには絶対いかないからね。あんな風に森沢さんに啖呵（たんか）切っちゃったしね。なので、三崎くん、視聴率が悪かったら、君を殺すからね♡」

「えええええええええ？」

結局、その結果は今回のキャスティング担当のＡＰであるわたし、三崎美南に途端に降りかかってきたわけなのであった。

「なんじゃ、おい、こら、上米！　二分以上流せば下がるって言われてるテレビ番組でだな、楽曲演奏が一三分も続くって、どうやって下げないでいられるんだよ！　おい、こら、龍三郎！　お前には、何かしらの勝算というか、秘密の勝ち方とかないのか？　お、お！」

……とか当然口に出せないまでも、心の中で呪っていたら、

「それは、お前らが、考えるんだよ！」

と隣で上米が口にした。怖っ！

「あの女、ニコニコしながら無茶苦茶な条件出しやがって。一三分も歌ってたら絶対視聴率下がるに決まってんじゃん」

「え、だったらどうして……」

「ああでも言わないとＯＫしてくれないじゃん」

「えええええ？」

「ムカついちまったんだよ。舐めた交渉しかけやがって。あのアマ、大したタマだ。伊達に波乱な人生歩んでねーな」

上米の毒舌が終わらない。

どうやら、交渉に美南たちは負けたらしい。

ＪＢＳに戻ると、上米は早速全スタッフを集めた。緊急会議だ。

森沢洋子の出演が決まったこと。

彼女の過去のエピソードは何を描いてもいいこと。

「おおおおーっ」

スタッフから歓声が上がる。

そして、楽曲は彼女の名曲『ひまわりのまわりで』を一三分フル尺で演奏してもらうこと。

「しゅー」

スタッフから落胆のため息が聞こえる。

さらに、上米は付け加えた。

この森沢洋子の人生劇場で、『うたカン』年末スペシャルはいく。

そんでもって絶対視聴率は一五％を死守する。

いきなり立ち上がった上米は、立ち上がっただけでは満足できないのか、なんといきなり会議机に飛び乗って仁王立ちになった。

「諸君、この戦いは絶対負けるわけには行かないっ！」

上米のアジ演説が続く。スタッフも徐々に上米に乗せられて闘志が湧いてくる。

確かにスタッフは、森沢の出演決定で最初よろこび、そして一三分の楽曲を流すと聞いて、言葉を失った。

でも、そこが不思議なところだ。

上米の話を聞いてると、そんな困難があるからこそ、むしろボルテージが上がってくるのだ。

つまり、困難があればあるほど燃えるわけなのですよ、ここのスタッフは。

勝利が見えているものは、誰もいない。

なのに、なんか知らんが、みんな燃え上がってる。

この勢いに感化されたチーフＤの田中は、各スタッフのやること、考えること、実行することを、矢継ぎ早に話し始める。板書はチーフＡＤの住田だ。

全演出能力を駆使して番組の構成を練り直す。

彼女の秘蔵エピソードをどう伝えるか？

そしてどうやって一三分の演奏を、視聴率を下げないようにするか？

ここから年末までの、連日の制作作業が続くのだ。

翌日、上米から無茶振りされて、美南はＡＰ高東と編成部に行って、編成担当に年末特番の構成を報告しに行った。

当然、番組の編成担当の宮川氏からは、かなりの懸念を言われる。

「森沢洋子さんで特番組むのは、まあいいとして、彼女の楽曲を一三分も演奏して、視聴率ははたして大丈夫なのか？」と。

「素人じゃないんだから、それが危険なことは制作の人たちだってわかるでしょ？　数字悪くてダメージくらうと、それこそ番組の致命傷になりますよ」と。

うううう。そんなこと言われたって。制作大部屋に帰っても上米さんには言えない。そんなこと言ったら、上米さんが宮川氏を逆に追い詰めに行って致命傷を負わせてしまう、きっと。

致命傷って言葉が、ますますわたしたちを死ぬ気にさせる。

《そんなことわかっているよ。でもやらなくちゃいけないんだ。絶対いいものを作ってやる。そしていい視聴率を取ってやる!!》

死ぬわけにはいかないのだ、と死ぬ気で美南は思った。

《あれ、ただの島Ｐ好きでこの仕事についただけなのに……、いつの間に死ぬ気になってる？》

「へー、上米くんも、相変わらずだねえ」

　地下のライブラリー室で、好々爺シゲさんは、ニコニコしながら、ここ数日の経緯を美南から聞いていた。

「彼は、昔から熱くなるとほんと手をつけられないからねー。僕も手を焼いたよ」

「あ、そうだ。シゲさん『ザ・バストテン』を生み出した伝説のディレクターだったんですよね？　上米さんから教えてもらいました」

「いやいや、好きなことを好きなだけテレビでやって、今や歳取ったただの爺さんだよ」

　鬼のシゲさんだったんですよね……と美南は言おうとしたが、咄嗟にやめた。実際そんな風には思えないし、ここで鬼になられても実際困るし。

「でも、彼は感情一〇〇％で動く。その動きはピュアな分、本当に核心を突いてるからね」

「はい、それはわかります。だから森沢洋子さんも出演ＯＫしてくれたんだと思うんです。だって、うちの番組、結構人生の深いとこまで描くから、普通のアーティストなら、絶対嫌がると思うんですよ」

「うふふふ。洋子ちゃんはそんなタマじゃないよ。あー見えて、修羅場くぐってるからね。彼女が出るって決めたんなら、それは本当に何を描いてもいいって意味だよ。つまり何かを気にして中途半端な描き方して視聴率が低いもんなら、それこそ……」

「……それこそ、森沢さんが、怒り出す?」

「そう。怖いよー洋子ちゃん。上米くんより先に、日本刀持って君を殺しにくるよ。切腹しろーって」

ニコニコ喋るシゲさんだけれど、出てくる単語がいちいち恐ろしい。往年の鬼のシゲさんの片鱗をちょっとだけ感じる。

「森沢さんとは、『ザ・バストテン』でご一緒されたんですか?」

「そう。僕の好きだった中島みゆきさんは、結局一回も番組には出てくれなかった。僕らが何度お願いしてもね。でもね、洋子ちゃんはそれこそ何十回も出てくれたよ。私の曲は『ザ・バストテン』に出ることで、みんなが知ってくれるんですからって。当時、不倫かなんかのスキャンダルで騒がれた時も、一回も休まずに生放送のスタジオに来てしゃべってくれたな。多分その釈明コメントを放送した回が番組最高視聴率だと思う」

「数字いくつだったんですか?」

「お、どうだったかな。どれどれ……」

ライブラリーのPCでシゲさんが検索を始める。そうだ、ここは過去映像のライブラリー室だったじゃんか!

「あった。一九八一年九月一七日（木）の放送で、四一・九％」

「え、四一・九パーセント！！　てことは、四〇〇〇万人の人が彼女の釈明コメント見てたんだ」

「そういうことだね。なかなかすごいことだよ。今の君と同じくらいの年齢だったんじゃないかな」

《え、わたしだったら、そのプレッシャーに耐えられるのだろうか……》

美南は気持ちを切り替えて話を続ける。

「彼女の人生は、もう深く深く描き切ると思います。それこそスタッフ総動員で、取材して再構成して再現映像を撮影しまくってますから。でも問題は一三分もの曲をフル尺で演奏しなきゃいけないことです」

「そうだね。森沢洋子の『ひまわりのまわりで』は確かにいい曲だけど、僕でも全部聞いたことないなー」

すると、「ほれ!」とHDテープを何本かシゲさんから渡された。

会話をしながら、いつの間にかシゲさんが当時の森沢の映像のテープを用意してくれていた。シゲさんありがとう。

「見てみなよ。洋子ちゃんの歌う『ひまわりのまわりで』。きっと見てみたらなんか気づくかもしれない」

「はい、見てみます!」

その日の夜、美南はデスクでライブラリーから借りた森沢洋子の出演映像を見続けた。

四一・九％を取ったスキャンダル直後の釈明コメントの映像もあった。

「今回はお騒がせして申し訳ありませんでした」

何十年か前の若い森沢洋子は深々と一礼したあと、自分の言葉で喋り出した。凛として、すごい上品で、そしておっとりと喋る礼儀正しい女性だった。

「この前お会いした時と同じだ。少しも変わらない」

ＳＮＳが無かったあの時代に、テレビの前でひとりの若い女性が自分の考えをしゃべるってどんな気持ちなんだろう？

それを四〇〇〇万の人が同時に見ていたのだ。

《わたしには耐えられるだろうか？》

……人は見かけによらない、か。

わたしはみんなにどう見られているんだろう？

職場や、友達や、家族や、それこそ今ならネットとかで。

あ、島Ｐ。突然彼のことを思い出した。

島Ｐの「三崎美南さん、どうもありがとう」。

……あの時起こったことが、フラッシュバックする。

あれは、あの島Ｐは見かけだけなのだろうか？　それとも……。

いやいや、そんなの見せかけに決まってるじゃないか。

美南はそんな想像をして、ひとりでちょっと恥ずかしくなった。

そういえばあれ以来、島ＰのＤＶＤを見なくなっている。


深夜まで森沢洋子の過去映像を見て、美南はあることに気づいた。

「これ、イケる！　……かもしれない」

見終わったばかりの今の気持ちを信じれば。

絶対、イケる、はず。

人は見かけによらない。でも本当にそうだろうか？

テレビは〝見かけ〟しか見せられない。

だから、テレビって〝見かけ〟だけが、唯一の真実なんだ。

当時の森沢洋子の釈明コメントをテレビで見た四〇〇〇万人の人は、きっと今の美南と同じ想いを持ったはずだ。

美南は時計をチラッと見た。

「遅いけど、まあいいや」

チーフＤの田中に電話した。

美南が気づいたことを伝えるために。

師走に入り、一年の締めの慌ただしさとようやくやって来た寒さで、年末感が街中に漂い始める。

そんな年の瀬が押し迫る赤坂・ＪＢＳテレビでは、森沢洋子回のスタジオ収録の日を迎えた。

再現Ｖは森沢の波乱万丈な人生を丁寧に描き、それこそスタジオの森沢は当時のその時の心境を、凛としながらも、すごく上品に、自分の言葉で丁寧に綴った。

そして、最後のＶ映像はあの四一・九％を取った釈明コメントだった。

映像が終わり、暗くなったスタジオに突然ピンスポットが点くと、そこに森沢洋子はひとり立っていた。彼女は話し始める。

「あれは、私が二五歳になったばかりのとてもとても暑い夏の終わりの日でした。あの時何を喋ったかなんて、今まですっかり忘れてましたけどね。でもこれだけは今も覚えています。カメラの前にはたくさんの人がいるのに、きっとテレビの前には何千万人の人が私を見ているのに、でもあの時のあの瞬間、私は本当にひとりきりでした。灼熱の草原の中で、一本だけ立っているひまわり。もう枯れかけているひまわり。でもひまわりは枯れてこそ実を結ぶのです。群れないし慣れないし頼らない。あの時から私はそんな一本のひまわりになって、ひとりで生きていこうと決めたのです」

そのままあの名曲『ひまわりのまわりで』の一三分もの完全フルバージョンをスタジオで歌い上げたのだった。

ＭＣの鴨居くんも、番組のレギュラー出演者も、百人の観客も、そしてその場のスタッフも、彼女の歌声に感極まっていた。

一番泣いていたのは、上米Ｐだったけどね。

その日の収録は本当に本当に素晴らしい内容になった。
《もうここまで頑張ったんだ、数字とかどうでもいいや》
美南は、一瞬そう思った。いやいや、それじゃ意味ない、意味ない。
そんなんじゃＡＰ失格だ。

年末の差し迫った日。今年最後の『うたってカンカン』の放送が年末スペシャルとして、いつもより時間を倍増して放送された。

題して『うたカン年末ＳＰ森沢洋子の真実　―あの時代を彼女はどう生きたのか？―』。

そして放送の翌朝、美南が出社すると、正面玄関のエレベーター前掲示板には、

《高視聴率御礼！『うたってカンカン』年末スペシャル一八・一％》

と貼られていた。

そして大部屋ではすでに出社していた上米龍三郎が、相変わらずコピー機の前で、視聴率グラフの用紙が排出される前から、引き出すような勢いで引っ張っていた。

美南も一緒に視聴率グラフを見る。

すると、その名曲『ひまわりのまわりで』が演奏された一三分の間、視聴率は右肩上がりに上昇していたのだった。

《一三分超のフルコーラスの演奏に込めた森沢洋子さんの想いと気迫が、きっと電波を通して視聴者に伝わったんだ。

そして、その彼女の想いを視聴者にあますことなく伝えようとした番組スタッフの想いと気迫も同時に》

そう思っている美南に横から上米が声をかけてくる。

「お。いいねえ、いい顔してるね、三崎くん。やり遂げったって感じか？」

「はい！」

当然この高視聴率を冷静に分析すれば、森沢洋子の今だから語れる秘蔵エピソードの数々がやはりスキャンダラスだった要因が大きい。

でも大切なことは、そんな彼女の想いのつまった名曲『ひまわりのまわりで』をフルコーラス演奏するのは、実はテレビ〝初〟だったということだ。

それは、美南が彼女の当時の映像を見ていて気づいた。

あの『ザ・バストテン』での釈明コメントのあと、森沢は『ひまわり〜』を歌っている。でも歌ったのはワンハーフ、つまり一番とサビだけだったのだ。生放送のランキング番組『ザ・バストテン』では、フルで歌うなんてありえない。

けれど、美南は思った。

《もっと彼女を見ていたい。彼女の声を聴いていたい。この歌の続きが知りたい。ひまわりがどうなるのか?》

当時も今も、誰も一三分のフル尺を歌う森沢洋子の姿をテレビで見たことがないのだ。ならば時代はまわっても、彼女のあの釈明コメントを聞いた直後の視聴者は誰もが、『ひまわりのまわりで』のフルコーラスを歌いきる彼女の凛とした姿を、きっときっと見てみたくなると美南はそう確信したのだ。

だってあの悲しい恋をして、彼女は『ひまわりのまわりで』という長い長い歌を生み出したのだから。……そんな長い長い彼女の想いを二分かそこらで伝えきれるわけがない。

美南がそれをチーフD田中に伝えると、すぐさま番組の構成が変更された。

こうして『ひまわりのまわりで』を歌う前に、彼女のあの釈明コメントのVが差し込まれたのである。

《もっと彼女を見ていたい、彼女の声を聴いていたい。この歌の続きが知りたい》

……時代を超えて、あの時の四〇〇〇万人の想いを、今の時代に再現したのだ。

上米は美南のそんな報告を目を細めて聞いていた。

多分事前に田中から報告を受けて知っていたのだろうが、そんなことはおくびにも出さず、美南の話を一身に聞く。

「〝長いから結果が悪い〟ではなく、逆に〝長いから結果がよかった〟んだな」

「はい！」

「俺はよく思うんだよ。電波には人の気持ちが乗るってな。そしてそんな熱い想いを伝えるためには、俺ら送り手自身が、実際に熱い想いを持つしかないんだよ。俺には、そんなひとりひとりの熱い想いを焚(た)きつけることしかできないからな」

熱い想いを他の誰よりも持っている上米は、そんな熱い想いがあるからこそ、森沢洋子との交渉の席で、とたんに怒り始めたんだと美南は思った。

「『僕らをバカにするな』ってあの一言は、きっと上米Ｐの本心だったんだよ」

年末の押し迫った部屋。美南は紗季と麻里子とこたつでビールを飲みながら祝杯をあげる。とりあえずの仕事納めだ（まだまだ、みんなそれぞれやり残した仕事はあるみたいだけどね）。

「いい上司を持ったね。みなみんは」

一緒に喜んでくれるさきっちょ。

「もはや、上米さんはみなみんの師匠だね。師匠と弟子」

マリリンもなんか口に頬張りながら喜んでくれる。

酔った美南も、饒舌に演説を二人にし始めた。

「いいですか、みなさん。上米さんの言葉はね、交渉術とかいう類のテクニックではないんですよ、うん。本当にそう感じたから、そういう言葉が出てきて、そしてそう本気で思っているから、相手の森沢洋子さんにも、きっとその熱い想いが伝わったんですよ……」

どことなく美南の喋り方は上米に似てきたようだ。

——つづく。

エピソード3：期末特番『夢の途中』

朝、起きた。

なんかどんよりとした夢だった。

どんな夢だったか憶い出せない。

《おはようございます》

年が明けて通常編成に戻ったテレビ。美南はそんな『うたカン』の通常ＡＰ業務をこなしつつ、三月末に放送予定の期末特番のＡＰも兼任していた。

美南が交渉した年末の森沢洋子スペシャルの好調で、上米は年明け、その三月の期末に放送する特番の担当を美南に任せたのだ。

上米は美南をデスクに呼び出した。

「まあＡＰって言っても、俺いろいろ忙しいから、三崎くんがほとんど全部やってみ！つまり君はもうＰだよ、Ｐ。実質Ｐ！　夢にまで見たＰ！」

「えええええ？」

美南はドキッとした。

「わたしがですか？」

「そう。三崎プロデューサー、特番をプロデュースする上で一番大事なことはなにかな？」

「あ、はい。大事なことは数字を取ること。視聴率です！」

それを聞いた上米はニヤリと笑った。

「視聴率ね。……でもね、もっと大事なことがあるんだよ！」

「え？　はい……？　なんでしょうか？」

「それは、黒字にすること。予算の中の浮いた分で、『うたカン』の赤字を回収したいから」

「え⁉」

「……というか、そのために特番をうちのチームで引き受けたんだよ。こんな忙しい時にほんとはやりたくなかったんだけど、でもまあ若手Dの鍛錬にはもってこいだし、考えてある新しい企画を試すチャンスだし、でも一番大事なことは『うたカン』の赤字をこの際、回収することだからね」

「……回収」

「そう。だから、この隠れミッションは僕と君しか知らないからね。君は、すぐなんでも金のかかることをやりたがるDたちの意見をうまくかわしつつ、できるだけ金をかけないように、演出を調整して節約して、で、お金をあまらせて、『うたカン』の赤字を補填するのに協力しなさい♡」

美南は黙ってしまった。そんなことができるのか？　だってお金はかかる所はかかるわけで、それってそんなしょぼいことやったら番組自体がつまらなくなるんじゃない……と言おうとしたら、

「でも番組つまらなくしたら、もちろんだめだよ！　おもしろくて金のかかんないやつ。よろしくね♡」

言う前に上米さんに先を越されてしまった。つまり、つまんない番組は、どんな状態だってダメなことには変わらないのだ。

「これ企画書！」

上米に渡された企画書のタイトルは『素人さんの夢叶えまSHOW！』。

街頭インタビューで捕まえたおもしろい夢を語った人の、その夢を叶える番組みたいだ。

「これ、夢を何個も実現するんだから、結構お金かかりますよね！」

一応、予防線のため上米に反論してみる美南。

「まあね。せこい夢しか叶えないと、確かにちゃちい番組にはなっちゃうだろうな。でもね、それはそれ、頭と腕を使って乗り切るというか、ね」

「ううう」

なるほど偉くなると楽になるかと思ってたけど、偉くなったら偉くなった分、また違う困難が襲ってくるわけか……Ｐってのは大変だ（もちろん、正式にＰになったわけではないけど）。

その後確かにいろいろ調べてみたりいろんな人に聞いてみると、この予算の貸し借りは、確かにどのチームも特に期末に向けてはやっているようだ。

当然違法なことをやるわけではなく、例えば二つの番組を掛け持ちしているスタッフのギャラは二つの番組で支払先を分けてみたり、ロケを一緒にやってみたり、映像の貸し借りをすることで、赤字気味になっているレギュラー番組を特番の別予算でやることでその分の赤字を補填したりする。

期末に一年の名場面スペシャルをやったりするのも、同様の目的だったりする。過去映像を使いまわすことで、新しいロケ収録をしなくていい分、制作費が浮いたりするからだ。

でも今回は、そんなレギュラー番組の総集編なわけではなく、あくまで新企画の新番組だ。お金はいやでも出ていってしまう。

まずは総合演出の田中に相談してみた。田中はすでに上米から概要は聞いていたみたいだ。

「これ、おもしろく作れば、おもしろくなるね！　ばーんと作って、レギュラー狙おうよ、三崎ちゃん！」

《でも、予算があまりないのです》

なんてことは、肩をグルングルン回している田中には当然言えず、田中は早速、チーフADの住田を呼んで、三人でスタッフの割り振りを相談する。

「これ、夢を叶える素人さんをどう探します？」

美南は一番気になっていることを田中Dに聞いてみる。

「リサーチ会社に発注しますか？」

するとすかさず住田は、PCを開いてリサーチ会社のリストを探し始める。

「いや、各Dが街に出て、なんなら全国各地を回って、〝あなたの夢はなんですか？〟って聞きに回る街頭インタビューを大量にやろう！　そうじゃないといい素人は集まらないから」

「え？　それ大変じゃないですか？」

言いながらさっさとPCをたたむ住田。相変わらず手際がいい。

《それに、そんなことをしたら予算が……》

さらに言えば、スタッフ繰りが大変だ。

当然レギュラーの番組を回しながらやるわけだから、通常の番組制作をやりつつ、空いている時間を工面して特番の作業を当てはめなければいけない。

やる気のあるスタッフはいいものの、明らかに忙しくなる分、やりたがらないスタッフもいる。

住田もやる気はなさそう。今でも忙しいのに、これ以上忙しくなるとディレクター以上にＡＤが参ってしまう。

「まあ、住田の言う懸念もわかるけどさ。それお前の東大くん的分析能力の優れた点でもあるけど、悪い点でもあるな。ねえ、三崎くん？」

え？　傍で二人のやりとりをあまり聞いてなかった美南は、急にフラれて、言葉を濁した。

田中は続ける。

「だってさ、『うたカン』だって、今は数字そこそこ取ってるけど、いつ終わるかわからないじゃん？　そうなった時のために、上米さんは、次の企画をいろいろ試したいんだよ。俺だってそうさ。じゃないと『うたカン』終わったら、俺たち仕事がなくなっちまう」

この田中の意見はもっともだった。でも住田はそれでも納得がいっていないようだった。

「あれは、田中さんの自分都合ですよ」

夜遅くになって、流石に大部屋も人が閑散としている中、それでも住田と美南は二人で特番のスタッフ繰りについて知恵を出し合っていた。

「え？　どういうこと」

「田中さん、もう一〇年目ですもんね。今上米さんのとこで上米さんの立てた企画を頑張って作ってますけど、あの人他人の企画をおもしろくするのはほんと上手いし、その点は後輩として尊敬してますけど、自分の企画が編成通ったことないじゃないですか。だから『うたカン』終わったら、つぎ行く番組無くて、それで結構あせってるんだと思いますよ」

「そうなの？」

「え、三崎さんわからんですか？　そっか、三崎さんまだこのチーム、日が浅いから気づかないんですよ。上米さんがすごい分、上米チームは下の人が育たないって、陰口叩いてる人結構いますよ」

　その発言は美南もよく聞く。でもそれって、なんていうか他のチームの上米チームへのやっかみのように聞こえていた。

　なので、その言葉自体の意味を額面通り受け取ったことがなかったのである。

「住田くんは、どうなの？」

「僕ですか？　僕はなんでもいいから早くディレクターになりたいっす」

「もうちょっとじゃない？　だって今度の四月でＡＤ四年目でしょ。局員だとそれくらいでみんなＤになるんじゃ……」

「そうですよね、普通は。でもこの前田中さんにそのこと相談したら、〝お前はディレクターにさせられない〟って言われたんです」

「え、どういうこと？」

仕事が出来ないならともかく住田くんはなかなか仕事が出来る方だ。なにせ頭がいい分要領もいい。さらに東大卒にしては威張らないし、下からの信頼も厚いし、先輩Dたちの評判も悪くない。上米さんも買ってるとは思う。でも、なんで⁇

「下が育ってないからだそうです。僕がDになっちゃうと次のチーフADをやるやつがいないそうですよ」

「確かに。『うたカン』に局員ADは住田くんだけだもんね」

「いや、半年前までいたんですよ。三崎さんが来る直前にバックれたんです。仕事が辛いとか言い残して。で番組移動になって。今『プレパ』やってる二年目の山畑ですよ」

「あ、山畑くん、うちにいたんだ。あのごつい人」

『プレパ』とは制作局の番組の中で一番仕事が簡単だと言われているクイズ番組『プレゼントパワー』。スタッフは毎回出題するクイズを考えればいいし（それもクイズ専門の構成作家がいるし）、ロケVも無い。

プレパで一番難しい作業は、収録の前日に大賞商品の4WDの車を、狭い美術通路を通してスタジオまで入れるその運転だって揶揄されているくらいだ。制作のハードさに耐えられなくなったスタッフがよく配属される番組だ。

一方で一番ハードな番組は、この上米チームの番組だと言われている。

「もう超絶仕事できなくて。なんだけどなんか早大でラグビーやってたとかで優勝メンバーだったとかで、まあ、口だけは大きくでるんですよ。やっぱ体育会系じゃないとADは務まらないっすよねーとかなんとか。そのくせ、全然仕事できなかったんす」

「で、後任は無し？」

「僕も昨年山畑が来て、自分の下に付いて、『うたカン』の仕事教え切ったらDになれると思って、結構丁寧に、それこそあいつのデカ口に我慢して半年間教えてたんですけど、あいつなんていうかバカなんですよね。仕事の組み立てができないというか。それでいて自信家なんでプライドは高いというか……」

《お、なんていうか東大卒的言い方……》

「あ、今、三崎さん、僕を東大卒の自分が頭がいいと思ってる奴って思ったでしょ？」

《え？　何⁇　なんでわかるの？　東大脳⁇》

美南はちょっとあせりつつも、平静を装って……、

「いや、そんなこと思ってないよ。山畑くんてよく知らないし。それに実際住田くん頭がいいのは事実だし。じゃないと、この大番組切り盛りできないでしょ？」

……咄嗟におだててみる。そんな時、自分もプロデューサー業が板についてきたなとか思う。

「でも、それがダメなんですって。田中に言わせると……」

《お、いつの間にか田中さんのこと田中って呼び捨てになってる》

「どういうこと？」

「この前の収録、サブ出しのロケ、Ｄが足りなくて自分がＤやったじゃないですか。僕嬉しかったんです。なにせ初めてＤ的な仕事任されましたから。かなり頑張ってロケしたし編集もしたし、スタジオでも好評だったんで、やっと僕もＤになれるって思ったんですよ！　ぶっちゃけ会社入って初めてやっと仕事したって実感できたくらい」

「あ、あれおもしろかったよ！　それに編集センスあるなーって思った」

「で、上米さんも褒めてくれたんです。お、やっと僕もＤになれるんじゃないかって、やっとＡＤから抜け出せるかも！　って。そしたら次の日、田中に速攻で言われたんです。お前はディレクターにさせられないって」

《なんじゃ、それ？　仕事ができないとか、ディレクターセンスが無いから、昇進させないってならわかるけど……》

「つまり、僕がチーフＡＤ辞めたら、代わりのチーフは誰がやるんだ？　って言われたんです」

「え、でもそれって代わりの人を入れてくれないんだから、無理な話じゃ……」

「そうなんですよ！」

住田の語気が強まる。そうとうムカついているらしい。

「田中が言うには〝お前はディレクターのセンスはなかなかある。でも下が育ってないからDにはさせられない〟って言うんですよ。僕は何を目指せばいいんですかね……。どうやってDになればいいんですかね」

これは、辛いだろうな。自分が仕事できないなら、頑張ればいい。仕事ができるようになればいい。

でも住田くんはそれを三年間も耐えて我慢してやってきたのだ。で、仕事ができるようになった挙句、周りが仕事ができないから、まだまだADやれって、それって地獄だ。

……そう思うと、美南にはかける言葉もない。

沈黙が続くと、住田が語り始めた。

「三崎さん、僕の代わりにチーフADの仕事手伝ってくれますか？　三崎さんだってADだったんでしょ？」

「え？　あ、いや、無理かも、というか全然無理です。だってあの、その」

どぎまぎする美南の前で、住田は悲しい笑顔を作る。

「冗談ですよ。つまり、そういうことっす。チームのため、番組のため、JBSのためとかみんなキレイゴト言うんだけど、結局みんな自分のことしか考えてないんです。なのに上のやつらは、チームのため、番組のために、住田がんばれ、歯を食いしばれって言うんですよ。でも田中も、上米さんだって、自分のことしか結局考えてないっす」

美南は言葉にならない。

「だから、この特番だって、そういうことっす。僕にとっては意味ない仕事が増えただけです」

《返す言葉もない……》

「小久保とか羨ましいですよ。すぐ失踪事件起こして、みんなに迷惑かけて。僕なんか、失踪すらできないですよ。袋小路ですよ」

そういえば、先日失踪したカバのようなＡＤ小久保くんは、年が明けてもズル休みが続いている。今日も彼の派遣元の制作会社の社長が上米さんに謝罪に来ていたっけ。

テレビ局の番組スタッフには、テレビ局の社員と、制作会社から派遣されている二種類の人間がいる。美南や小久保は後者だ。美南も当然局員になりたかったし、就活でテレビ局は受けたものの全然どこも受からなかった。

局員は、難関な就職活動をくぐり抜けて来たし、なのでそもそも高学歴だし、それに給料が断然いい。新入社員だって多分美南の三倍はもらってると思う（まあ、ほとんど残業代らしいけど、それだって美南たち制作会社には残業代なんて存在しない）。

で、一番違うのは出世が早い。小久保のような専門学校出の制作会社のＡＤは二〇歳から始めて、Ｄに二六、二七歳でなれたとしてもＡＤを七年間くらいやらなければならない。

一方、局員はだいたい三年でDになる。つまり、局員と制作会社のＡＤには、明らかに格差があるのだ。

その格差の中で、派遣ＡＤたちは我こそは先にとDを目指して頑張っている。局員なんて、給料もいいし、出世も早いし、はっきり言って嫉妬しかない。

住田は、そこがわかっているから制作会社のＡＤの前でも決して威張らない。威張った姿を見せると、自分よりＡＤ歴が長いＡＤが働かなくなり、仕事がやりづらくなる。

美南には、彼はその調整をうまくやっているように見えた。でも、局員だって、そんな修行を好きでやってるわけじゃないんだ。


「ふーん」

麻里子は美南の話をこたつ部屋で聞いていた。麻里子は麻里子で、そんなに興味がないらしい。

「だって、その住田さんって人、どうせ偉くなるよ、すぐ。そしたら手のひら返しのように、今へーこらしてるＡＤさんたちをコキ使うようになるよ、それが局員てなもん」

「そうかな」

「いや、知らんけどね。でもうちの番組の局員はDになった途端、急に嫌な感じになったな。ＡＤ同士の時はよくカラオケとか行ったけど、Dになったら参加しなくなった」

「へーそうなんだ。でも住田くんはそんなことしないような気がする。なんて言うか、本当に頭がいいから、そんな無駄な嫉妬とか復讐とかしない感じ」

「……」

「え、何？」

「好きなの？　美南。住田さんのこと」

「え？？？　なに言ってんの！　全然……」

「ふふふ。いいじゃん！　東大出だし、局員だし。なのに謙虚だし、頭が本当にいいんでしょ。結婚しちゃえ！　その住田とかいうの、ゲットしちゃえ！」

「いやいやいや、そんなことというと明日顔合わせたら意識しちゃうっつーの、ダメダメ」

「お、脈有り？　だって、美南頭のいい人好きじゃん。学生時代もさ……」

「いやいやいや、ないないないない」

そんな戯言が続く女子飲みは深夜まで及んだ。


翌日。

美南は出社してすぐに、特番のスタッフ繰りをまとめた紙を上米に見せに行った。

どんなに忙しくても、どんなに末端のスタッフでも、スタッフ繰りは全部報告しろ！

というのが上米のゆずれないポリシーだった。

「いいんじゃない。……黒字がでれば」

《おいおい、今はお金の話じゃなく、スタッフの話だっつーの》

「街頭インタビューを全国で、ってかなりお金かかりますよね」

……言われる前に先に懸念点を挙げてみる。

「まあ、そうだな。だけどそこは田中の言う通りだな。おもしろい素人は実際に会ってみないとわからん」

「そんなもんですか？」

その効率の悪さに納得のいかない美南。その顔を一瞥して上米は話題を変える。

「あとさ、住田になんか夢企画のDをひとつ担当させるように、田中には言っといたから」

「え!!　本当ですか？」

「なに？　だめ？」

「いえ、むしろお願いしたいくらいだったんです！」

「だってあいつのこの前作ったサブ出しV、かなりよかったじゃん。そういう脂が乗ってる奴は、早めにDにさせないと、腐っちゃうからねー。最近顔がこわばってたからね、住田。ちょっと腐りが出始めたところだよ」

「はい、わたしもそう感じてたんです！」

《さすが、上米さん！　本当この人、隅々まで見てるわ》

うん？　でも待て、そうするとこの特番のチーフＡＤは誰がやるのだろう？

「まあ、あくまでチーフＡＤは住田だけどさ。足りないとこは、プロデューサーの三崎さん、貴方が助っ人するってことで」

「えええええ⁉」

「だって、追加の社員はいないし。制作会社から新しいの頼むとお金がかかるし。現有勢力でやるしかないじゃん」

「……そうですね」

結局、圧倒的に人が足りないのである。

誰かが上に上がると、下の作業は……誰かがやるしかないのだ。


「じゃ、どうやって探すの？　おもしろい素人」

美南はまた、ライブラリー室に資料を探す振りをして行ってみた。

ライブラリーの重岡さん、通称シゲさんに、さっきの上米とのやりとりについて相談してみたら、逆に質問されたのだ。

「え、例えばリサーチ会社を使って、学校や会社とかにアンケート用紙をくばってみるとか……」

「アンケート用紙ってさ、〝あなたの夢はなんですか?〟とかなんとか聞くわけでしょ! で、それにおもしろいこと書いた人に実際会ってみるとさ……」

「会ってみると……?」

「ちゃんとしてるんだよ、そういう人は決まって」

「ちゃんとしてる……いけないんですか?」

「ちゃんとしてる人は、おもしろくないでしょ。キャラがある人ってのは、要するにちゃんとしてない人なんだよ!」

「ちゃんとしてない人……」

「そう、夢を聞かれてちゃんとおもしろいこと書けるような人は、理路整然としていて常識人でむしろちゃんとしていておもしろくない。本当におもしろい人ってのは、アンケートなんかちゃんと書かないんだよ。というか支離滅裂で、何書いてるかわからないような、つまりちゃんと書けない人が……」

「おもしろい人!」

「そういうこと!」

指をパチンと鳴らしながらシゲさんが答える。鳴らした指パッチンはいい音がした。伝説のディレクターとして昔取った杵柄か。

「美南ちゃんもさ、街頭インタビューやったことないでしょ? 今度やってみるといい、人間がわかるから」

「……」

《そういうものなのか。大変だな、人間を知るのって》

「おもしろい人はね、こちらが探してもなかなか出てこない。本当におもしろい人ってのは、むしろ向こうからやって来るから」

「向こうからやって来る？」

『うたカン』の通常のAP業務があり、特番『素人さんの夢叶えまSHOW！』のP業務があり、さらにその特番のチーフAD的な仕事も回って来てしまったため、美南ははっきり言ってこの一カ月バースト気味だ。

『うたカン』の通常の収録のスタンバイを乗り切りつつ、その間隙をぬって、特番のキャスティング作業を行う。何回か上米と田中と放送作家と会議をし、MCはお笑い界の重鎮が引き受けてくれた。

つづいてスタジオのパネラーゲストだ。いわゆるひな壇を五、六人、決めなければならない。

いろんなジャンルでリストアップする。盛り上げるのは芸人、解説的な文化人、華のある女性タレント、不思議ちゃんなアイドル、ご意見番の大御所……そんな中から優先順位をつけて作業を進める。

基本は電話だ。マネージャーの携帯番号を探り、知らなければ、かつて仕事をしたことがある他番組のAPに聞いたりする。

そして電話をかけても、だいたい留守電。それにメッセージを残し、何回か出る出れないを繰り返し、やっと要旨を話せると、そこから企画書を送ったりする。

さらに厄介なのは一旦頼んだあとにこちらからは断れないから、候補の上から順に当たっていくしかない。複数に当たると複数からOKが出てしまう可能性があるからだ。

でも上位の候補は、ランクが高い人が多いから、それこそなかなか電話に出てくれないし、話が通っても返事まで時間がかかったりする。それを待ち続けるしかないのだ。

「もう、断るなら、断るでいいから。早く断ってくれ」

連絡の来ない相手をひたすら待ち続ける……そんなやるせない仕事がキャスティング作業なのである。


それに加えてのチーフAD作業。

すべてのキャスティングが決まると、放送日を考慮しつつ作業段取りを考えて、スタジオを押さえ、編集室（通称：ハコ）を仮押さえする。その間に企画演出を決めるために何回も何回も会議を行い、そこから決まっていくことを具体的な作業に落とし込む、その担当ＤとＡＤを決める。

さらに、スタジオのセットを美術さんと打ち合わせし、技術さんと、何カメ使うか？　どれだけロケ技術は必要か？　など諸々調整するのだ。

それらの仕事は住田チーフＡＤが早々に仕切りまくった。彼もＤデビューできると聞き、モチベーションが復活したのだ。そういう段取りを決めさせたら、住田くんはほんと手際がいい。

一方で、今回の『素人さんの夢叶えまＳＨＯＷ！』はなかなか難しい問題を孕(はら)んでいる。素人さんの夢を叶える番組なので、実際に叶える人を何人か見つけなくちゃいけない。二時間スペシャルだから、正味は九五分。一つの夢企画がサブ出しＶとスタジオトークを含めて一〇分から一五分。

つまり、七人から八人の夢を叶える必要がある計算になる。そんなバラエティに富んだ、そしてテレビで取り上げたらおもしろい、いわゆるキャラがある素人さんを見つけなくてはならないのだ。

そして、その七人か八人のキャラのいい素人さんの夢を、ひとつひとつ叶えなければならない。それもおもしろく！　ワクワクドキドキするような方法で。……さらに加えれば、お金をかけずに……。

毎週毎週、総勢一〇名のディレクターは、全国で「あなたの夢はなんですか?」と聞きにインタビューに駆け回る。

美南も時間を見つけて何回か街頭インタビューに行ってみた。

実際にキャラのいい素人に出会うためには、直接会って話すのが結局一番早いからとは田中Dもシゲさんも言っていた。でも、なかなかそんな人とは出会えない。

そもそも向こうからやって来もしない。

ほとんどは無視か、インタビューそのものを断られてしまう。

そうしてなんとか集めたインタビュー集を見て、定期的に作家とDが会議して、あーでもないこーでもないと、実現する夢を何にするかを、さまざまな観点から議論して決めていくのだ。

そんな美南の年明けだったたが、一月も終わり月日とともに仕事は山積して、どんどん追い詰められて行く。

遅くとも二月中には夢を確定して、少なくとも三月頭からは実現ロケを進めなくてはならない。じゃないと三月末の放送には間に合わない。

二月は短い。二八日しかないのだよ。二月が短いのって絶対神様の嫌がらせだ。

そんなある日、疲れて家に帰ると、同居人のＡＤ麻里子から話があると言う。疲れているが、これは聞かないと。

そしたら……なんと妊娠したと言うのだ。

「えええええええええ？？？」

もう動揺しかない。

子供の父親は、麻里子と同じ『ごごおび』でＡＤから最近Ｄに昇進した局員の佐藤だという。番組間でのデジカメの貸し借りなどで美南とも面識があった。

あれ、彼ってＤになったら感じ悪くなったってこのまえ麻里子が文句言ってた局員じゃんか。なんだよっ！

「で、仕事どうするの？」

「辞める。普通の主婦になる！　局員の妻になる！」

「えええええええええ？？？」

辞めちゃうの？　二人して楽しいアイドル番組作るんじゃなかったの⁇

高校時代、二人で島Ｐの追っかけをしていた。いつしかテレビ業界を目指して夢を語り合うようになった。そんな思い出を美南が話すと、麻里子はこう言った。

「私はテレビ番組を作りたくてこの業界に入ったんじゃない。テレビで見てるテレビが好きなだけだったの」

「わたしだって、そうだよ！」

「でも最近わかったんだ。自分には美南や紗季のようにやりたいことなんかない。ただ楽しければいいの」

麻里子は言い続ける。

「赤坂の高級割烹や西麻布のレストランにも幸せはあるかも知れないけど、私の幸せは旦那と子供と行く近所のファミレスにあるような気がする」

《あれ、自分もそうだったような。いつから、変わったんだっけ？　結婚。わたしも結婚しよう、かな。で、誰と？》

島Ｐ……そんな思いが脳裏をよぎっていたら、深夜のニュース出演が終わった女子アナの紗季がようやく帰って来た。

「えええええええ？？？」

紗季も、またも動揺しかない。

「紗季、結婚式の司会やってよ！」

今度は二人で、

「えええええええ？？？」

「いつやるの？」

「来月かな。お腹が大きくならないうちに……」

「えええええええええ？？？」

　またひとつやるべき大切な大切な重要案件が増えてしまった……。

　そんな中、レギュラー番組『うたカン』のコーナーロケも進む。

『うたカン〜成功者のお宅訪問〜』の今回のゲストは今一番勢いのあるネットベンチャー企業・サマーゲートの社長であり、数々の暴言で一世風靡する藤枝俊助（ふじえだしゅんすけ）、通称フジエモン。

　普段はなかなか現場にはやってこない上米も、今回はロケに同行して来た。

　都内有数の高級住宅街にある藤枝が購入したばかりの豪邸の中で撮影を行う。レポーターに部屋を案内する藤枝。

「あ、貧乏くさい手でさわらないでくださいね、貧乏が感染（うつ）るから」

　彼はいちいち口が悪い。でもその歯に衣着せぬ毒舌が人気の所以だ。フジエモン語録は今や世間の流行語になっていた。彼は頭がいいから、世間に受けるようにわざと毒舌をやっている……ようにも見えた。

「夢は、いつも想定外のところに転がっているのです！」

　突然、ガッツポーズで言い放った。これが今年の一番の流行語になっている彼の口グセだ。

藤枝が学生時代にベンチャーで作った会社サマーゲートは今や急成長を遂げ、彼は新進気鋭の若手経営者として世間の注目を集めていた。視聴率も見込めそうなこの時代の寵児（ちょうじ）を、次はスタジオゲストに呼べないかと考えた上米は、撮影後、藤枝にゲスト出演を打診した。

だが、多忙を理由に藤枝は首を縦に振らなかった。上米ではなく、美南を見ながら彼は語る。

「僕の発言、結構きわどいから、どうせカットするんでしょ！　そんな番組出れませんよ」

藤枝はそう吐き捨てたのだった。

局に戻る車の中で、美南は上米から藤枝への再度の出演交渉を命令された。

《え？　なんでわたしに……》

戸惑う美南に上米は言う。

「元彼だろ？」

《え、なんで知ってんの？》

上米は藤枝の家で、二人の仲睦まじいツーショット写真がデスクの上に伏せてあったのを見つけたと言う。

「写真立て伏せてるから、ちらっと見てみたんだよ。そしたら君とのツーショットだった。それから二人を観察してたらさ、君、藤枝氏とのやりとり初めてって感じじゃなかったしね。藤枝もなんか君のことチラチラ見てたし、君も……」

「見てません。学生時代の昔の話なんで」

「あ、マジ？　本当⁇　本当に付き合ってたんだ。俺のカンすごいな！」

「カン？」

「だって写真立てとか無かったもん♡　今テキトーに言ってみた」

《上米、こいつおそるべき洞察力……あちゃ、バレた》

そう、学生時代、二人は付き合っていたのだ。

「ま、秘密にしといてあげますよ。いろいろ面倒そうだからさ。だからお願いがあるんだけど……」

「彼の出演を決めてこい……と」

「そう。彼は数字持ってるからね、今。チームのため、番組のため、ＪＢＳのため、三崎くんがんばれ！　ここはひとつ！　昔取った杵柄で！」

《杵柄じゃないっつーの！　悲しい乙女の恋愛話だっつーの！　ていうか、チームとか番組というより、上米、お前のためじゃないのかっ！》

その夜、美南は、スマホのリストをだいぶ探して、ひさびさに彼にメッセージを送った。

〈ご無沙汰してます。ロケ収録ありがとうございました。元気そうでなによりです。実は……〉

あえて硬めで社交辞令的な挨拶で始めた。どんな返事が来るのだろう？　すぐ返信が来た。昔も返信は鬼のように早かった。その早さに、彼の頭の回転の早さに疲れてしまったのが別れた原因でもあったような、なかったような……そんなことを思い出しながら、返信を読んでみた。

〈今日は久々に会えてびっくりしたよ〉

そんな言葉の最後に藤枝は条件を出してきた。

それは「ヨリを戻してくれるなら」というものだった。

《本気か？　やつは本気か？　今や時代の寵児が、貧乏学生だった頃の元カノとヨリを戻したいものか？　なんだ遊びか？　ノスタルジーか？　一種の金持ちのプレイか？》

……いろんな妄想が出て来たけれど、美南にヨリを戻す気はなかった。実際週刊誌には彼の女性遊びがよく載ってたりもしていたし（見てないけどね、というか見たくもないけどね、というか電車乗ってると目に入ってきちゃうんだけどね中吊り広告が！）。

〈難しいです〉

そう真面目に返事を返すと、〈はい、じゃ出演は無いね！〉とすぐまた返信がきて交渉はあっさり決裂に終わった。

　上米にも続けて藤枝出演ＮＧのメールを送る。こっちは返信は無い。

《また明日、上米さんに怒鳴られるのかな。あーあ》

　翌日は午前中から特番の会議。

　夜が遅いテレビマンたちは普通、番組の会議を午前中にはやらない。それでも午前中に会議が入ったのは、切羽詰まって来た証拠だ。

　さらに切羽詰まった美南は、今上がっているネタで番組を進めようと提案する。

「ごめんなさい。わたしなりにみなさんの意見や要望をまとめたつもりなんですが……」

　美南の説明にスタッフ達は、「最優先すべきことは番組がおもしろくなるかどうかだよ」と猛反論する。朝から喧々囂々（けんけんごうごう）な会議室だ。

「ＡＰの力量次第で、おもしろい企画や番組が実現したり、逆に、おもしろい企画を潰したりもするんだよ！」

　美南に対して厳しい言葉が飛び、やがてボソッと心無い言葉が後ろの方で呟かれた。

「所詮、パシリしかできないんだよ。ＡＰのＰはパシリのＰってな」

　大きな声ではなかったのに、美南の耳にははっきり聞こえた。聞きたくない言葉は小音でも聞こえるもんだ。美南の顔から笑顔が消えた。

会議のあと美南は上米に呼び出された。藤枝の出演NGのことかと思ったが、そのことは一切言われず、チーフDの田中をはじめとするスタッフが、ひとまず美南を特番担当から外してはどうかと提案したというのだ。

完全に美南は自信を無くしていた。

「APは向いてないかも知れません」と言う美南。

それに対して、上米は、

「お。プロデューサーになりたいんじゃなかったのか？」

と問い詰める。

「所詮、ミーハーな動機で飛び込んだ人間に務まる世界じゃなかったのかもしれません」

と美南は答える。

「ミーハー気分でADを三年務めることは出来ないよ」

と上米は返す。

「なんで三年も泥水啜（すす）りながら、お前はADを頑張れたんだ？」

テレビで見ていた好感度の高い女優が必ずしもいい人間ではないケースや、善人役で売っている俳優が最低のセクハラ行為をスタッフに働くことだってあり、華やかなテレビ画面の裏側には、多くの人間の泥臭い面がある。

そんな夢と現実の違いを目の当たりにしながらも、それでも美南は三年この仕事を続けて来た。

それはなぜか？　と問いかけられた。

答えられない美南に対して、上米は、「その理由にこそお前の軸がある。それがわからないならこれからも同じことの繰り返しだ」と突き放すと、「さっさと辞めればいい」と背中を向けた。


局を出た美南は、ふらふらと町を歩きながら「辞めようかな……」と呟く。

「失踪しちゃおうかな」

通りの向こう側にソフトクリームを食べる太った男の姿を見つけた美南は、「そういえばあのＡＤはどうなったんだろ？」と、失踪した小久保に思いを馳せるが、その瞬間、その太った男こそが小久保本人であることに気づき、「うわ、カバ」と声を上げる。

「ウヒョ」その声に小久保も気づいた様子で慌てて逃げ出すが、追っかけ時代に鍛えた元陸上部の脚力を持つ美南は、あっという間に太っちょ小久保を捕まえた。

二人でファミレスに入ると美南は、

「わたしもＡＤ時代に逃げ出したことがある」

と体験談を話し始める。

「どうして辞めなかったんですか？」

小久保の問いかけに美南は少し考える。

「ただ単にミーハーだったから」

と自虐的に答えた。

そんな美南に対して小久保は、

「自分は、別にこの業界が好きでもなんでもないんです」

と寂しそうな笑顔を見せると、ＡＤになったきっかけを話し始めた。

小久保は、非常になよっとした性格が原因でずっとイジメられて過ごした。そんな自分を変えたくて飛び込んだテレビの世界だったが、テレビの世界はいまだに男社会な部分が多く残っており、とてもじゃないけど自分は先輩ＡＤ達のようには振る舞えないと痛感したのだという。

《わたしはどうだったかな？

というか、今自分が一番辛いんじゃなかったっけ？

どうして失踪したＡＤを説得してるんだ？

自分が今、失踪中だったんじゃないか？》

子供の頃、学生時代、辛い時、美南は何度もテレビに救われた。テレビを見ていると嫌なことを忘れられた。テレビの世界にワクワク出来た。そしていつしか、自分が人をワクワクさせることが出来たらいいなという夢を抱くようになった——。

　話しながら、美南に原体験の記憶が蘇っていく。全ては、小学生の頃に自分をワクワクさせてくれたテレビから始まったのだと気づいた。

　それこそが、美南の軸だった。

　美南は小久保に言った。確かにテレビの世界には古い体質も依然として残ってるが、今の時代、この業界にはなよっとした男性もたくさん活躍している。何も周囲と同じようにする必要は無いと。

「こんなダメな自分でもやっていけますか？」

　小久保の問いに美南は大きく頷いた。

「猫みたいな犬だっている、人間みたいなサルだっている。なよっとした太っちょＡＤで何が悪いの」

　その言葉に二人は声を上げて笑うが、その時美南はハッと何かに気づいた。

「どうしたんですか？」と訊ねてくる小久保に向かって「ありがとう」と言い残し店を飛び出した。

《わたしはわたし！　ＡＤみたいなＡＰでもいいじゃない！》

　美南は局へ向かって街を駆け抜けて行く。

局へと戻った美南はすぐに上米のデスクに向かい、「お願いします！　もう一度やらせて頂けませんか！」と頭を下げた。

上米は美南の目を数秒間見つめて、「やってみろ」と仕事を任せた。

美南はスタッフに集まるよう指示を出すと、急いで更衣室へと駆け込んだ。

そして会議室に集まったスタッフ達の前に「おはようございます！」と現れた美南の格好は、ジーパンにＴシャツとＡＤそのものといったもので、「とうとうＡＤに戻ったのか？」という軽口も飛ぶ中、美南は末席へと進むと会議を始めた。

怖くなくなったわけではなかった。大勢のスタッフの目が気にならなくなったわけでもなかった。それでも美南は勇気を振り絞って、元気よく大きな声で会議を始めた。

「ここのここの収録を同じ日に出来れば、その分の予算を美術に回せます。そうすることで提案のあった演出案も実現可能になります」

美南が出した提案は、様々な意見やアイデアを踏まえた上で、それぞれの案がうまく繋げられてあり、とても面白い企画に思え、徐々にスタッフ達を引き付けていった。

「じゃあ、こんな案はどう？」

「いやそれよりこっちにすればいいんじゃない？」

さらに意見が交換され始めた。

そうそう、これがこのチームのいいところだったんだ！

バカみたいな企画でもなんでも、一度時間をかけて突き詰めてみると、そんな中からイメージはどんどん膨らみ、ある突破点が見えるものなのだ。

ＡＰの美南はその実現に向けて、どれだけ実現可能か？　奔走するしかない、走り続けるしかないのだ。そうすれば、やがて道は開ける、はず。


三月になった。

麻里子の結婚式に向けての準備も着々と進んでいた。司会は女子アナ紗季。美南は日々の仕事に忙殺されて手伝いはできていない。すまないと思いつつ結局当日の受付だけをすることになった。

美南と紗季は何か二人で麻里子へサプライズ的なことでも出来ないかと目論んではいたが、なかなか相談するタイミングも無く、いいアイデアは生まれずにいた。

一方、『素人さんの夢叶えまＳＨＯＷ！』ももう一歩というところまでは進んでいるのだが、中々いいアイデアが浮かばない。はなやかな企画がどうもあとひとつ足りないのだ。

さすがに気になったらしく、この日の演出会議に上米がやって来た。ホワイトボードの夢実現候補リストを見て、顔をしかめた。

「こんな企画じゃおもしろくないだろ！　なんか足りないな！　もっとばーんといかないと！」

そして上米は、素人企画の場合はその素人のキャラクターがおもしろいかどうかだと言う。

「キャラさえよくて、その素人さんが本当に本気で思ってる夢だったら、どんな夢でも、トンカツ食べたいでも、告白したいでも、だいたいおもしろくなるんだよ。この並びだとあとは〝ハッピーどっきり〟がいいな。なんか無いのか？　ハッピーな夢叶えて欲しいやつ」

みんなで、考える。

「誰かいないのか？　見た目がおもしろくて、発言がユニークで、夢が叶ったら歓喜にむせび泣く素人は？」

そんな人って誰だろう……？

そう考える美南の脳裏に最初に浮かんだハッピーな人物は麻里子だった。

そうか！

麻里子の結婚式に誰かがサプライズ登場したら？？？

演出になるし、結婚式はちょうど来週だし、なにせ麻里子のキャラは最高だ。番組が求めているハッピーどっきりになる。

《間違いない！》

スタッフのみんなにこの思いつきを説明すると、

「あ、『ごごおび』のＡＤマリリンね。彼女はキャラがいいから、最高だね」

「てか、マリリン、結婚すんの？　すげー！」

とリアクションが方々であがる。

「間違いない！」

チーフＤの田中も気に入ったみたいだ。

「で、誰が出ると、そのマリリンくんは、一番感激するんだ？」

上米がすかさず聞いてくる。

「……島Ｐです」

彼氏が出来て以降はトーンダウンしているものの、元々麻里子は美南と同じく島Ｐの熱烈な追っかけファン。きっと歓喜にむせび泣くのではないか⁉

「島Ｐ！」

それに人気アイドルが番組に出てくれたら、それこそ特番に華が出る。まさにうってつけのキャスティングだ。

「間違いない！」

上米も言い放つ！

……とはいえ、スーパーアイドル島Pを抱えるG事務所がその企画に乗るとは思えず、現実的とは思えなかった。

《さて、どうしよう？》

島Pをキャスティングできるかどうかは、まさにAP美南の双肩にかかっているのだ。

美南は『うたカン』収録時に名刺交換したメガネマネにまずは電話してみた。当然出ない。メールもしたけど返信もない。

ううう、時間がない。来週の結婚式はずらせないし。

というか、仮にマネと連絡が付いたって、この企画をOKするかどうかなんてわからん！　さらに言えば仮に出演OKになったとしても、実際にスケジュールが合うかどうかもわからん！　もう三重苦なのである！

そんな時間を悶々と過ごしながらも、美南は今日も都内で街頭インタビューをしていた。

美南はカメラと番組名が付いたマイクを持ち、暮れかかる公園通りの途中で途方に暮れていた。三月に入ったけど寒の戻りで今日は寒い。帰宅途中の人たちは答えてくれないばかりか、声かけてくんじゃねーぞ的オーラすら感じられる。

「本当におもしろい人ってのは、むしろ向こうからやって来るから」

《そんな風にシゲさんは言っていたけど……》

　すると、サングラス姿の人が近づいて来た。

《暗がりでサングラスの人って、見えてんのかなー》

　と思っていると、美南の前でそのサングラスは立ち止まった。

「テレビの人は大変ですね、こんな寒空に街頭で立ちんぼで……」

　島P、島本涼だった。サングラスから瞳が覗く。あの『うたカン』以来だ。

《えええええええええ？》

　って叫びそうになるのをグッと堪える。こんなところに島Pがいるのを誰かが気づいたらパニックになってしまう。

「僕も夢を答えていいかな？」

「え？　なんでいるんですか？　ってなんで知っててんですか？」

「え、だってこれ」

　見せられたのはツイッターだった。

「美南くん、つぶやいてんじゃん。夢を叶えてもらいたい人、公園通りの途中で待ってます、って」

「え？　ツイッター、わたしのつぶやき見てるんですか？」

「うん、例の一件以来、フォローしてるよ！　裏アカで」

「えええええええええ？」

やば、今度は、声を出してしまった。

でも島Ｐは全然気にしない。

思いがけない遭遇は神様からのギフトだと感じた。

美南は思い切って言ってみた。

「反対になっちゃうんですが、わたしの夢を叶えてくれませんか？」

「いいよ」

「え？　いいんですか」

「なんでも叶えるよ。ギブするって約束したじゃん」

……ギブ。あ、あの時の言葉。

「この世界はギブアンドテイクだからね！　なんでも叶えますよ」

「なんでも……」

その瞬間、いろんな別の妄想が膨らむ……いかんいかん。

「美南くんの夢は、どんな夢？」

「友達にハッピーどっきりしかけたいんです！」

「え？」

「友達が今度結婚するんです！」

それを聞いた島Ｐは、なんと笑い出した。

「ハハハ、最高！」

麻里子の結婚式当日。

島Ｐは式の終盤にサプライズで登場すると、会場は歓声と驚きで包まれた。そして弾き語りで『ギブアンドテイク』を歌い出した。

麻理子は大号泣だ。マリリン、顔のメイクが全部取れちゃってますよ。

美南はその光景を、別室からモニターで住田と見ていた。美南も住田も大号泣だ。

住田ＡＤの実質Ｄデビュー作『結婚式で、憧れのアイドルに歌ってもらいたい』企画は、どっきり大成功となった。

その様子を流した特番放送の翌日。ファックス機から出てくる用紙を待ちきれない様子で上米が引き抜き、素早く目を通すと「よしっ！　一六％！」と叫んだ。

その声にスタッフから歓声が上がると、美南を中心にハイタッチが交わされた。

田中も住田の肩を叩いている。

「おつかれ。お前の編集、最高だったよ！　あんなに笑ってあんなに泣かされるとは……」

満面の笑みを浮かべる美南に上米が歩み寄って呟いた。

「仕事とは修行だ。今も昔もそして今後も、誰もがスキルを身につける修行期間が必要不可欠なんだ」

修行しないと身につかない技術や技法、そして心。それらは多かれ少なかれ習得に時間がかかるし、心身ともに負荷も大きい。だが、修行なくして、成長はない。

その道で成長したければ、修行は必要不可欠だと。

そして最後に上米はこう言った。

「組織や会社のためじゃない、自分の夢のために修行するんだ」

「はい」

と答える美南。

「じゃ、フジエモンのキャスティング頑張ってちょ！」

……美南の修行はエンドレスなのであった。

——つづく。

エピソード4：恋か仕事か『世界はそれを愛と呼ぶんだぜ』

「明日は朝の五時半に局の南玄関集合です」

今日の定例会議で上米龍三郎ゼネラルプロデューサーは言い切った。

《五時半⁉　いったいどこ行くの？》

『うたカン』は隔週収録なので、今週は収録がない。美南は、明日は遅く出社でもいいよなーとか内心思っていたので、かなり心が折れた。

「みんなで神社に行ってご祈祷しします。明日は正装でお越しください。そして今晩は肉食はひかえてください」

上米が説明を続ける。

特番の『素人さんの夢叶えまＳＨＯＷ！』は及第点の一五％超えでよかったものの、最近の『うたってカンカン』の視聴率はパッとしなかった。

人気企画だった『うたカン人生劇場』も最近マンネリ気味だ。結構長くやっている企画だから、最近は出演ゲストも多岐にわたってしまってそんなに話題の人がいなくなってしまった。

どんなものにも金属疲労というのはある。

そして今週ついに九・八％という一桁を取ってしまい、『うたカン』視聴率低迷に頭を悩ませていた上米は、四月の新年度を迎えここぞの打開策とばかりにスタッフ総出で神社にお参りに行くぞと言い始めた。

その神社は、上米曰く視聴率が上がる神社で、これまでも数々の御利益がもたらされたとのことである。

翌朝五時二〇分に南玄関に着くと、すでに全員集まっていた。テレビマンは時間厳守なのだ。ロケ用のマイクロバスが停まっている。みんなでこれに乗っていくらしい。

《遠足か》

集まったスタッフ総勢二五名が乗り込む。すると乗車口で一人一人に手渡されたものがあった。

「なにこれ？　アイマスク！」

なんだ、移動中仮眠しろってことかな？　と思ったところ、マイクを握った上米Ｐが解説する。

「おはようございます。これからマイクロバスはとある神社様に向かいますが、みなさんにひとつお願いがあります。移動中は先ほどお配りしたアイマスクを着用してください。

そして到着して私が許可するまでアイマスクは外さないように……」

「あの、質問してもよろしいでしょうか?」

「あ、はい。下沢くん。なんでしょうか?」

「どうして、アイマスクをつける必要があるのでしょうか?」

「いい質問です。それは、君たちに視聴率の取れる神社の場所を教えたくないからです! この神社は、私が長年探し求めた秘密の力のある神社様なのです。そんな場所が誰かにもれたら、みんなの番組の視聴率が上がってしまう……」

《なんじゃそれ、じゃあ、みんなで行かなきゃいいじゃん》

「なんじゃそれ、じゃあ、みんなで行かなきゃいいじゃん、とか今思ったでしょ、そこの三崎くん?」

「え!? 思ってません……」

《なんで、あの人はわたしの思ったことがわかるのだ。それも一字一句まるでコピペしたような正確さで言い当てられている……》

「番組を作っているのは、みなさんなのです。つまり一人一人が神様に本気でお参りしなければ、願いは届かないのですよ。他に質問はありますか?」

「あの、その神社は遠いんですか? 五時半出発ってことは……」

高東APが恐る恐る確認する。高東さん今日は午後から打ち合わせがあって、それが心配らしい……。

「ご安心ください。到着まで二時間ほどです。なので、行ってご祈祷して、会社に帰ってくる頃にはちょうど午後イチです。つまりいつものみなさんの出社時間。みなさんの日々の業務のお邪魔は、この上米龍三郎、決していたしません。ご祈祷が済んだら、思う存分馬車馬のように働いてくださーい！」

上米の言葉は、今日はとてつもなく芝居がかっている。彼は一体どこまで本気なのだろうか？

「わかりましたか？」

「……」

「返事は？」

「わかりました！」

「声が小さいですね！」

「わかりました!!」

いい年した眠そうな大人たちが、声をあわせて「わかりました！」と絶叫する。チームとは、番組作りとは、宗教にも似た行為なのかもしれない。

そしてみんながアイマスクをつけ、マイクロバスは出発した。

結果、みんなは爆睡する。

実は、この爆睡をあえてさせてくれてるんじゃないか、上米さんは……これは彼のスタッフへのあいじ……!?

とか思っていたら、美南も爆睡してしまった。

二時間後、バスは山の中の駐車場についた。

そこから徒歩で小一時間もさらに歩くらしい。

「あ、みなさん、スマホで地図を見るのは禁止ですからね、てか多分圏外だと思いますが」

みんなはぞろぞろと上米に従って歩く。都会では散ってしまった桜がここではまだ咲いていて、まさに本当に桜の中の春の遠足であった。

「上米さん、そのペットボトルはなんですか？」

空の二リットルのペットボトルを持った上米に、チーフDの田中が質問する。

「これ？　これはお水取り用です。この神社の霊験あらたかな御神水は、飲むと視聴率が上がるのです」

視聴率が取れるお水？　……なんかいかがわしい。でも確かにこの森の中を抜けての遠足は、気持ちが晴れやかになる……。

するとと上米が立ち止まって、みんなに話し始めた。

「神様へのご参拝の際の大事なことをお伝えします。これは、どんなご参拝でもそうですから、ぜひ守ってください。みなさん、いつもお参りの時に神様に願い事をしていませんか？　神様に願い事はしてはいけないのです」

《え、どういうこと？　お参りで願い事を言ってはいけない？》

「神様には、願い事をするんじゃなくて、プレゼンをするのです」

《プレゼン⁉》

「例えば、一〇〇万円くださいとか、そんな風に神様にお願いをするのではありません。そうではなくて、もし神様が一〇〇万円くださったら、私はその一〇〇万円で、世界のため、日本のため、他人のため、自分のために、これこれこういうよいことをやります！　となるべく具体的に、あなたがやるべきことを神様に詳しく事細かにプレゼンするのです」

「なるほど！」下沢の相槌が山にこだまする。

「もし、あなたのプレゼンがいいプレゼンだったとしたら、『ほー、お主のプレゼンはなかなか素晴らしかったな、よし一〇〇万円あげるとするか！』と神様はあなたに一〇〇万円をポンと差し出してくれるものなのです。あなたの願いは、地球のすべての生きとし生けるものへの感謝のプレゼンでなくてはいけないのです！」

「美南さんは何を頼むんすか？」

チーフADの住田が話しかけてきた。

「番組がヒットしますように！　かな、やっぱり」

「でも番組がヒットすると、世界のためになるんですかね？」

「だよね。会社のためにはなるけど……」

最近、住田は明るくなった。今までも暗くはなかったけれど、夢特番でDとしておもしろい企画が出来たことが、かなりの自信になったらしい。まだ完全なDになったわけではないが、彼の闇抜けも間もなくなのだろう。

「美南さんって、彼氏とかいるんですか」

「え、いないよ。というか何よ、いきなり」

「いや、どうなのか？　と思って」

そんな遠足気分で青春の一ページ的やりとりをしつつ社殿に着くと、ほどなくして神主さんのご祈祷が始まった。

皆で二礼二拍手して玉串を差し出して、そして神主さんの祝詞奏上(のりとそうじょう)にあわせて必死にプレゼンを始めるのであった。

プレゼンは小さくても声に出して音にすることが肝心らしい。言葉はコトダマだからだ……という上米の教えをみんなが実践して、それぞれがぶつぶつと呟いている。

美南もプレゼンをする。

《もしこの番組の視聴率が上がったら、あれ？　上がったら……なんのためになるんだ？》

こうして思い返すと、美南には、世のため人のためにやりたいことが無かったのであった。

当然、自分のためのプレゼンはできる。

仕事がうまくいって欲しいし、お金が欲しいし、いい生活がしたいし、休みも欲しいし、美味しいもの食べたいし、恋もしたいし、結婚もしたいし……でも、それは全部自分の欲望だ。

うん？　わたしにとって、この世界はどうなって欲しいんだ？

……戦争がなくなりますように。犯罪がなくなりますように。

うん、確かにそれはそう思うけど、なんていうかそのプレゼンは広すぎないか？

もっと具体的に、わたしは世界に何をできるのだろうか？

わたしは他人に何ができるのだろうか？

自分が、いい女になりたい、いいテレビマンになりたい、いいＡＰになって、いいＰになってみたい。その自分が作った番組がヒットして視聴率を取って人気番組になって……願い事はたくさんある。でもそれは結局、自分がこうなりたいという願いであって、それは世界に向けてのプレゼンじゃない。

ちらっと横の上米さんをのぞいてみる。

ぶつぶつと、ずーっと何かをプレゼンしている。彼の口からは言葉が溢れていた。

きっと上米さんには、世界のためにプレゼンしたいことが山ほどあるのだ。

わたしは、何が、したいんだ?

わたしは、何が、出来るんだ?

帰りのバスの中で美南は、アイマスクをつけても一睡もできなかった。そんなことばかり考えていたからだ。


一方、青山の大手レコード会社『エンカルレコード』最上階の大会議室では、アイドルグループFLATのニューアルバム『サンシャインorムーンライト』の宣伝会議が行われ、ひさびさにメンバー四人が揃っていた。今やそれぞれ四人が単独で活動することが多く、全員が揃うのはめったにないことだった。

次の夏発売のニューアルバムのジャケ写や、楽曲の構成、秋から始まるドームツアーの展開等、多くのスタッフが入れ替わり立ち替わり、四人に説明している。聞いているようで聞いていない四人……と思いきや、ときどきするどい質問やツッコミが四人から浴びせられる。

これがまさに、日本の音楽業界のビッグビジネスの生まれる場所であった。

その会議の合間、リーダーの鴨居が島Pに、

「『ギブアンドテイク』、売れてるらしいじゃん」

と声を掛ける。

「まあ……」

と素っ気ない島Ｐだったが、鴨居は、

「お前、この前、確かＪＢＳの特番の結婚式かなんかで歌ってたけど、何あれ？　安くね？」

といじる。

「お前こそ『うたカン』とかバラエティ出まくってんじゃんかよ」

「俺は、所詮バラエティ班だからいいんだよ。べしゃり担当だから。それにひきかえ島Ｐはみんなの国民的アイドル、王子様だからねえ、そこは仕事選んでくんないとさ」

本気なのか、おちょくってるのか。いずれにしても二人は目を見て話さない。目の前の雑誌をパラパラしながら会話をしている。

「あ、『うたカン』っていやあ、あのＡＰってさ、変わってるよね」

と美南の話題を振る島Ｐ。やっと顔をあげて鴨居を見る。

「この前、『無頼ＤＡＹ』で、ツーショット写真撮られてた相手は、うちのそのＡＰさんじゃなかったっけ？　確か。そういうことも気をつけて欲しいんだけどな……スーパーアイドルグループなんだからさ、俺らは」

ニコニコ笑いながら、本気とも冗談とも取れる言葉を、島Ｐにペラペラ喋っている。饒舌なリーダー鴨居純也と、寡黙な二枚目島本涼。

これが現代日本のアイドル二トップなのだ。

「そうそう。ＡＰの三崎美南さん。オレ好きなんだよね、彼女」

その言葉に、鴨居も初めて顔を上げ、島Ｐを見つめる。

「へー、下の名前美南っていうんだ。俺は知らなかったな」

「各局のバラエティ番組で司会やりすぎて、スタッフの名前いちいち覚えてらんないもんね、売れっ子ＭＣ鴨居くんとしては」

「お前のあの写真、フェイクだってマネージャーが言ってたけど、マジでなんかあんの？」

と鴨居が食い込む。島Ｐは笑って否定する。

「彼女にこの前、わたしの夢を叶えてくれますか？　って言われたんだよ」

「ほう、で夢を叶えてあげたわけか、王子様は」

二人のやり取りにはギクシャクした空気が感じられる。

でも会議の参加者たちは、そのギクシャクが無かったように振る舞っている。

「えー、次の議題に参ります。今回の秋の大型ツアーですが……」

会議が再開され、二人は会話を止めた。

結婚を期にシェアルームしていたマンションを出て行った麻里子の新居で、美南と紗季は引越し祝いを開いていた。すると、美南のスマホに藤枝から〈明日食事でもどう？〉とメッセージが届いた。

既読スルーで済ませようとする美南に、お腹が大きくなってきた麻里子は「絶対美味しいもの食べさせてくれそうじゃん。食事ぐらいいいんじゃないの？」と食いしん坊らしいアドバイスをする。

元々学生時代に起業した藤枝は当時から多忙だったため、すれ違いが増え、美南から別れを切り出したものの、嫌いになったわけではないことを麻里子も紗季も知っていた。

「まあ、確かに美味しいもの食べさせてくれそうだしね……」

まあ、確かにそうだ。でもあの参拝以来、美南はずーっと考えていた。

わたしは、何が、したいんだ？

わたしは、何が、出来るんだ？

紗季も麻里子も、美南が少し変なのに気づいてはいるのだが、あえて二人は美南に問いたださない。美南が考え込むと、こんな感じになるのを二人は長い付き合いで知っているからだ。

しばらく三人がそれぞれの近況報告をした後、アナウンサーの紗季が、担当する深夜のニュース番組でのカメラアングルが低すぎると、愚痴り始めた。ニュースデスクの前からミニスカート越しに足が見えるから、衝立をつけて隠して欲しいと伝えたけれども、スタッフは聞く耳を持たなかったそうだ。

「これではスカートの中が覗けてしまう」

パンツルックで出演しようとしたら、ぜひスカートでとわざわざ注文をつけられた。他にもスタッフからセクハラまがいの誘いも受けていた。絶賛売り出し中のアナウンサーという職種がら、プロデューサーとの会食は断れない。

そんなことを話し始めた三人は、テレビ局内に根付いている旧態依然の考え方について愚痴が止まらなくなった。ハラスメントは美南も麻里子も少なからず受けており、三人は自分たちで女性の労働環境改善のために立ち上がろう！　と大いに盛り上がる。

「私、明日人事に訴えてみる」

紗季がそう言うと

「やれやれー！」

麻里子が応援する。

これが局を二分する騒動のきっかけになるとは、この時は思いもしなかった。

「へー、美南ちゃんもあの神社行ったんだ」

「え、シゲさんも知ってるんですか？」

翌日、ライブリーのシゲさんに先日の遠足、いや参拝のことを喋ってみた。

「おう、昔は毎月行ってたよ。担当番組の放送が終わって、そのまま飲みに行って、翌朝早朝出発して、お参りが済むと、ちょうど視聴率が一〇時に発表されるわけよ」

「あ、そうなんですね。シゲさんもあの神社知ってるんだ」

「知ってるもなにも、僕と上米で一緒に行ってたんだよ。『ザ・バストテン』の頃とか」

《なんて、神頼みな人たちなんだ、この業界は》

「で、ちゃんとプレゼンした？」

「え、あ、はい。したような、しなかったような」

「あの神社は強力だから、そのプレゼンを神様がお気に召したら、翌日すぐ叶っちゃうよ」

「え、そんなにすごいんですか。てことは今日叶っちゃうじゃないですか！」

シゲさんはニコニコお茶を飲みながら目を細めている。

「美南ちゃん、なんで神様が君のプレゼンを叶えてくれると思う？」

「え、それは……あの神様がすごい神様……だから？」

「うふふ。まあ神様を信じるも信じないもその人の自由だからさ。僕はそんなに神様を信じてないんだよね」

「え？　でも昔は参拝に行かれてたんですよね？」

「あそこの森すごく気持ちいいでしょ」

「はい、とても気持ちよかったです、なんていうか心が洗われたとでもいうか」

「そう、そして毎月毎回、そんな気持ちのいい場所で神様に自分の考えていることをプレゼンする。するとどうなると思う？　毎月その度に、自分の今やりたいことやるべきことを、口にだして説明するから、いつの間にかひとりでに脳内で自分の想いが整理されていくんだよ」

《あ、たしかにわたしもあれ以来、自分のやりたいことやるべきことをずーっと考えている……》

「それが、神様のご褒美なんだと思うよ。要するに神様は自分の脳内にいらっしゃるわけ。その神様があなたの想いを叶えるも叶えないも、つまり……」

「自分次第」

「そう！　上米くんはみんなに、自分で考える機会を与えて、気づいて欲しかったんじゃないかな？　……番組の起死回生策を」

《う。そうだ。きっとそうだ》

その時、美南のスマホにメッセが来た。藤枝からのメッセだった。

〈既読スルーのままだけど、今日は無理かな？　美味しいお店取れたんだけど〉

これは……神様のご利益か。そうかもしんない。

藤枝とご飯。何年ぶりだろ。

「久しぶりだね。元気？」

「俊助さんはお元気そうですね？」

「まあね、仕事は絶好調かな。なんでも僕に会う人は、僕には後光がさしてるって言うんだよ」

相変わらず、自信家だ。でもその自信家なところを好きになったのだ。

あの頃は、その自信はまだ彼の仮想現実だった。でも今はそれが現実となって光り輝いている。

《芸能人もそうだけど、なんで有名人って輝いて見えるんだろ？　オーラ？　確かに目の前の俊くんも光って見える》

「……いい女になったね」

「え!?　あ、はい。あ、いや、それほどでも」

《おいおい、それほどでもって、我ながらどういう返しじゃ》

「うん、いい女になったよ。この前の取材の時に久々出会えて、ちょっとマジでびっくりしたよ」

「そ、そうですか？」

「若い時の僕の選球眼を褒めてやりたいね。僕の目に狂いはなかったよって」

《あ、また自分で自分を褒めてる》

「あ、また自分で自分を褒めてる、って今思ったでしょ、美南ちゃん？」

《う、なんでまたどいつもこいつも頭のいいやつは、コピペのようにわたしの心を見抜くのだ。……てか、むしろわたしがばれやすいってこと？》

「そんなこと、思ってないですよ。実際俊助さんの選択はいつも正しいですよ」

「そうかな。これは君に最後に言われた言葉なんだよ、《あなたは自分で自分を褒めてばかり》……って」

《そんなこと言ったかな。言った、ような気もするが。あまり憶えていない……》

「でもね、自分で自分のやってることを褒め続けたら、だいたい叶った。だから、僕は自分で自分を褒め続けようと思うんだ。で、褒められるだけのことを実際考えて実行して結果を出していこう、といつも本気で思っているよ」

「すごい」

《とか、彼の周りの女はリアクションするんだろうな》

「でも、こんないい女に振られちゃったからね。それが僕の唯一の失敗、といってもいいかな」

「……今、大成功ですもんね」

すると、突然、

「夢は、いつも想定外のところに転がっているのです！」

藤枝は、流行語になっているその言葉をガッツポーズとともに言い放った。

何人かの客が、藤枝に気づく。

「あ、みんなが見てますよ」

そんなこともお構いなく、藤枝は続ける。

「僕のこと、逃した魚は大きい……とか後悔してるでしょ？」

《え、確かに大きいけど……》

「また、付き合っちゃう？」

「……」

「僕は本気だよ。昔も今も、君のことは」

《本気……》

するとおもむろにスマホを見ながらスケジュールを確認しだす藤枝。

「『うたカン』の次の収録っていつだっけ？　夜だよね、一時間くらい？」

……相変わらず強引だ。

《わたし、時代の寵児にネゴられてるの？　……それともこれは神様のご利益？》

次の日、出社後すぐに上米の席に向かい、美南は紗季のセクハラの件を一応相談してみた。

ちなみに上司としての上米は……パワハラはひどい、確かにひどい。有無も言わせない。でも美南は上米にセクハラをされたことが全くないのだ。そんなうわさも聞かない。というか、この人は本当に人間を上下や性別で判断することがこれっぽっちもないからだと思う。

つまり上の人でも下の人でも男でも女でも犬でも猫でも、よくも悪くもいつもパワーで押し切る人なのだ。まあ、いってみれば人類全員にハラスメントしでかしてる人だからね。エンタメ・ハラスメント。上米さんのはエンハラだな、エンハラ。

「うん？　エンハラ⁇」

「あ、いやなんでもないです。紗季は人事部に駆け込むって言ってるんですけど……」

「なに？　それはまずいな」

まずい、って何がまずいの？　それは従業員の当然の権利なんじゃないですか……。上米がそう言うのが、ちょっと予想外だった。

さらに美南がデスクの下からスカートの中が覗ける件について話すと、「そうなってるには、そうなってる理由があるんだよ」と持論を展開し出した。

「どういうことですか？」

「君さ、自分が喋る時にさ、前にデスクがあるのとないのとどっちが楽？」

「……前にデスクがある方が安心します」

「でしょ、安心するでしょ。安心するってことは、緊張しないってことだよね？」

「あ、はい」

「それじゃダメなんだよ。俺たちは演者に、ステージの上ではいつも緊張させるんだ。女でも男でもじろじろ人に見られて緊張するから、そいつは輝くんだよ。で、その緊張がハプニングを生んで、番組をおもしろくするんだよ！」

「つまり、デスクの下が空いてるのは……」

「演者を緊張させるためなんだよ」

「でも、ローアングルからカメラ撮ってるって、やっぱエロ目線があるんじゃないでしょうか？」

「まあ、確かにそういう側面もあるにはある。でもそんなことして視聴率が上がる時代じゃないからね。それより緊張感を持った演者の迫真さが伝わることが、その演出の一番の意味だと俺は思うよ」

「でも、紗季がそれ以外の場面でもいろいろセクハラを感じたのは、確かじゃないですか。それを人事に報告するのの何がまずいんですか」

「そのセクハラ告発は、きっと人事を動かすよ。で、その番組のプロデューサーはもしかしたら飛ばされるかもしれない」

「当然ですよ、それくらいのことしでかしたわけですから」

「でも、それで木之下紗季アナウンサーの将来は無くなるな……」

《え？　どういうこと》

「そんな事件を起こした女子アナを誰が使う？　……まあ正確に言えば、事件を被ったわけで、起こしたわけじゃない。圧倒的に被害者かもしれない。でもそんなことはさておき、他のP連中はその女子アナを使わない」

「そんなこと……それで仕事が無くなるのおかしいです」

「そうだな。おかしいと、俺も、思う。でも事実、あいつらは木之下紗季アナを使わない。当然使う自由はあるけど、使わないんだよ」

「どうしてですか？」

「多分……めんどうなんじゃない？」

「めんどう？　そんな理由で」

「そう。自分の人生と関係ない火の粉が自分に降りかかってくるのを避けたいんだよ、大部分のサラリーマンは。だってその火の粉をかぶったら、自分の出世に響くかもしれない。出世が遅れるってことは、給料が上がらないかもしれない。給料が上がらないと、いい暮らしができない。それは、ものすごくめんどうだ。だからそんなめんどうなことにからんで、自分の人生を棒に振ってまで、ひとりの女性のセクハラ被害を助けようなんてやつは、まー、いない。正義じゃ人は動かないんだよ。人が動くのは損得感情だけだよ」

「ひどい」

「そう、ひどいさ。ものすごくひどい。でも事実だ。この世界はそうなっている」

「……そうなっている？　じゃどうすればいいんですか？」

「彼女も、例えば君も、やりたいことをやればいい。思いついたことを言えばいい。でもそれで、結局やりたいことがやれなくなるのが、この日本って国だ。会社って組織だ。良かろうが悪かろうが、納得しようがしまいが、そうなってるのはまごうことなき事実だ」

「じゃあ、泣き寝入りするしかないんですか？」

　興奮して美南の声が大きくなった。

「そんな世界を変えなきゃいけない。俺はいつも思っている。で、その方法をいつも考えている。俺に何ができるか？　いつもいつも考えている。誰がどう動くか？　誰がどう思うか？　それで得するやつは誰か？　恨みを抱えるやつは誰か？　全員の損得感情を考えて分析して、それでその中で最大限、世界が変わるように、新しい世界がやってくるように、世界を少しでも動かそうと思ってるよ。ほとんど誤差というようなわずかしか動かないけどね、世界は」

　上米の声も大きくなった。

「……（何も言えない）」

「結局、その解答は、今の俺にとっては、ひとつしかない。数字を取ること。数字を取れば、この組織やこの業界の中では俺のいうことをみんなが聞く。それでこの狂った世界を変える武器を持つことしか、少なくとも俺にはできない。武器がないと戦っても負けるだけだからな」

上米の言っていることは、確かにそうかもしれない。でもそれでは問題の解決には時間がかかってしまう。

お辞儀をして美南は上米の席から無言で離れた。離れる美南の背中に向かって上米は会話を続けた。

「さっき彼女のことを誰も助けないって言ったけど、例外がある」

「え？」振り返る美南。

「その彼女を愛してるやつかな、彼氏とか親友とか」

「親友……」

「人の損得勘定を動かすものは、結局は愛」

「愛……」

「世界はそれを愛と呼ぶんだぜー」

といきなり絶叫する上米。多分正論を吐きすぎた彼流の照れ隠しなんだろう。

ほどなくして、紗季は報道番組から情報番組に異動になり、食レポをやらされる羽目になった。報道アナ希望だった紗季は、言ってみれば左遷されたのだ。

でもあくまで演出上の都合での配置換えであって、そこに人事が介入したとかセクハラ問題とか、そんなことは全く社内では浮かんで来なかった。件の報道番組のプロデューサーもそのまま続けている。

この世界で変わったことは、ひとりの女子アナの担当番組が変わっただけなのだ。

許せない。ＴＶでその姿を見た美南は《報復人事》に激しい憤りを抱く。

「紗季、このままでいいの？」

「う、うん……」

一方の紗季はむしろ意気消沈してしまっていて怒りさえ消えていた。クールビューティーな紗季の落ち込む姿は、それだけで痛々しい。

これが、武器を持たずに戦った結果なのか？

そんな日々の中で『うたカン』の収録。

楽屋に挨拶に伺うと、ＭＣの鴨居から、「島Ｐが君のこと話してたよ」と聞かされ動揺しつつも、そんな一言でやる気を取り戻したりもする。

そんな美南をまじまじと見ながら、鴨居はふと美南に、

「ねえ、三崎さん。FLATの中で誰が一番好きなの？」

と訊ねる。

ふいを突かれた美南は思わず「島……」と言いかけるが、「鴨居さんです」と言い直す。

「今、『島』って言ったじゃーん」

と笑う鴨居。

「いえ、絶対、鴨居さんです！」

《恋か仕事か。仕事を選ぶのか、ついにわたしは……》

美南はそんなやり取りの中で突然、藤枝の告白を受け入れる決心がついた。

「鴨居さんのためにも、今すっごくキャスティング頑張ってるんです！　期待しててください！」

「おー、嬉しいね！　楽しみ」

鴨居の無邪気な笑顔が、仕事を選んだことの若干の後悔を吹き飛ばしてもくれる。

「みんなで、視聴率アップを神様にお願いもしましたし！」

それから数日後。出社した美南は上米に報告しに行った。

「上米さん、藤枝さん出演ＯＫです！　今度の収録でスケジュールもＯＫです」

「おおおお。でかした。みなさん、やりましたよ！　三崎くんが、フジエモンの『人生劇場』出演ツモったぞ！」

「おおおお！」

スタッフルームからどよめきが聞こえる。田中も住田もスタッフも何人かが集まってきて、早速再現Ｖの構成を話し始める。来週まで時間がない。それまでに取材して、台本を作って、再現ドラマを撮影して、編集しなければいけないからだ。

でも、みんな目が生き生きしている。ディレクターは戦う武器をもらえた戦士のようだ。その武器を渡すのがプロデューサーの、ＡＰの仕事だ。

「これ、きっとあの神社のご利益ですよね」

「やっぱ、すげーな神様！」

ＡＤ同士からそんな会話が聞こえてくる。

美南は……藤枝の告白を受け入れたのだった。

《とりあえず……ね》

藤枝の『うたカン人生劇場』の収録の日。

貧乏学生からアイデアとトーク力でどんどん出世していったフジエモンの人生の再現Ｖは、あまりにおもしろかった。そしてスタジオでの鴨居とのトークも絶好調。藤枝に毒舌をどんどん言わせる、それにかぶせる、さらに拾いまくる。

そんなトークのマジックができるＭＣの鴨居は当代一のエンタテイナーであり、トップアイドルなのだ。

「フジエモンはテレビ好きなの？」

「はい。よく見てましたね。ＪＢＳといえば、学生のころ見た学園ドラマが大好きだった」

「え、バラエティは？」

「バラエティはくだらないですかね。見ないかな」

「おいおい。バラエティ出ててそれ言いますかー」

観客がどっと湧く。

藤枝が好きな学園ドラマとは『三年Ｂ組金八先生』だった。その映像がスタジオに流れる。

その第二シーズンの、伝説の『くさったミカン』のラストシーン。学校を占拠して立て籠った荒くれ生徒たちくさったミカンが、最後に警察に捕まるシーン。最初は抵抗して逃げるがやがて捕まって皆、護送車に乗せられる。金八先生はそれを遠くから見ているのだ。そのシーンはスローモーションで、バックには中島みゆきの『世情』が流れていた。

美南はそのドラマをかつてレンタルビデオを借りてきて、藤枝と見たことがあった。

「いや、だってドラマのＪＢＳでしょ。バラエティならゴジテレビでしょ？」

「言っちゃダメでしょ。他局の名前は！」

上米と美南は、カメラの後ろで藤枝と鴨居のやりとりを見ていた。

「おもしろいな」

「はい」

「鴨居くんもおもしろいけど、藤枝ってやつは相当おもしろい！」

「……」

「これは数字行くぞ！」

「はい！」

上米は語る。

「な、神様のご利益あっただろう？」

「あ、はい。確かにそうですね」

「なぜだと思う？」

「え⁉　それは神様のお力じゃ……」

「いや、神様なんかさ、いるかいないかなんてどっちでもいいんだよ。大事なことは、その神様を自分が信じるか信じないか？　それなんだよ」

《ほんとそうだ》

わたしが、世界に何をしてもらうかじゃなくて、わたしが世界に何をできるか？　なのだ。

収録が終盤に差し掛かった。

今後の夢を鴨居に聞かれた藤枝は、こう言い放った。

「テレビ局買収したいっス」

スタジオに笑いが起こるが、藤枝は真顔で言う。

「いやマジっスよ。今日初めてＪＢＳさん来ましたけど、ゲットしちゃおっかなぁ……」

と発言し、「なーに言ってんの！」とＭＣの鴨居に激しく突っ込まれる。

「夢は、いつも想定外のところに転がっているのです！」

と立ち上がってカメラ目線でガッツポーズ！

スタジオ収録は大きな歓声で終了した。

でも、藤枝の目はマジだった。

それを見て、上米がつぶやいた。

「あいつ、本気で世界を変えようとしてるな」

——つづく。

エピソード5：スーパーアイドル『夏の扉』

五月の連休が明けると、日本の企業は新年度のビジネスが本格化し始める。

この日は、番組スポンサーへのご挨拶と視聴率回復へのテコ入れの説明会。美南は上米に連れられ、営業担当、編成担当と一緒だった。

「スポンサーに会うのって、緊張しますね」

「まあな」

上米はこんな作業はもう慣れてしまっているのか、全然緊張が見られない。

「まあここはひとつ名物プロデューサー上米さんのトーク力で、来期へのスポンサーへのヨイショお願いしますよ」

とタクシーの助手席にいる営業担当の大村は言った。上米へもつねにヨイショのスタンスだ。

「まあ、視聴率は低落傾向にありますけど、なんといってもFLATの鴨居くんの番組ですからね。局の看板番組ですから、終わらすわけにはいかないですよ」

と美南の右隣にキツキツで座っている編成担当の宮川も口にする。編成としていつも制作局へはキツキツの物言いだ。

「どうだかね」

左隣にいる上米は、スマホを見ながら、なんだか不機嫌そうだった。

「この世には‼」

しかし、スポンサー企業の大手製薬メーカーの会議室では上米がさっそく声を張り上げていた。

美南が作ったプレゼン資料のもと一通り説明をしようとすると、『うたカン人生劇場』の最近のマンネリ化がどうも納得いかないのか、「例えば超有名大物女優のKさんなんかキャスティングできないのか」と先方クライアントの営業部の新任部長から名刺交換が終わるや否や提案が出てきたのだ。

顔はニコニコしているけど、目は笑っていない。しどろもどろの営業大村にしびれを切らして、開口一番叫んだのが、この上米の「この世には‼」だったのだ。

彼らを前に上米は選挙演説よろしく朗々と語り始めた。

「この世には有り得ることと有り得ないことがあるんです！　みなさんのその提案は後者です。なぜだかわかりますか？」

上米の発言に困惑するクライアントに、さらに畳み掛けていく。営業担当大村は仰天しているし、編成担当宮川は唖然としている。

「いいですか、そのタレントが番組に出演を決める時、以下の三つの条件のうち、ひとつでもかなわないと、出ないのです」

「三つの条件。ほう、おもしろいですね。それはなんですか？」

この場で一番偉い先方の宣伝担当重役が乗って来た。上米は講釈を続ける。

「それは①にお金、②にそのタレントがこの番組に出ると得するかどうか？　そして③は、この人に頼まれたら断れないって人が番組の関係者にいるか？　この三つです！」

上米は続ける。

「まずは①つ目。Kさんに御社は一億円出せますか？」

「いいえ、それは……」

「はいブーッ！　つぎに②つ目。この『うたカン人生劇場』に出てKさん自身は得しますか？　違うでしょ、得するのは我々の方でしょ？　そんなの先方にはお見通しなのです。なのでブーッ！」

上米は唾をとばして口をとがらせて、まるで子供のように思いっきりブーッと言う。その光景があまりに滑稽で、クライアントからはだんだんと笑みがこぼれてくる。

「最後の③つ目です。御社にKさんの親戚がいますか？」

「いませんね」

「はいブーッ！！！　全部ダメ！！！　相手の立場になって考えたらわかりますよね？」

と言う上米に、クライアントはなるほどね、上米さんのおっしゃることは理にかなってると納得している。

「つまりキャスティングもビジネスなんです。みなさんみたいな製薬メーカーさんの日々の業務と同じです。いきなり特効薬とか、革命的医療なんてものは生み出されないですよね。だからみなさんも日々の研究開発に地道に取り組んでいるんですよね。番組作りも一緒なのです。日々育てるしかないのです！　悪いところがあったら治療するしかないのです。

　だから僕らも、①のお金が無くても、なんとか②の番組のアドバンテージを育て、そして③を持つべく、日夜キャスティングに出歩いてるのです。今に見ててください。特効薬になるようなキャスティング、このAPの三崎美南が仕込んで来ますから」

《えええええええええ⁉　そこで、わたし。またむちゃブリ？？？》

「ほう、APの三崎さん。APとは？」

「あ、アシスタントプロデューサーの略称です！」

「なるほど。よろしくお願いします。我々も番組を健康に育てたいですからね」

説明会はいい感じで終わり、とりあえずの来期の継続も決まった。とりあえずだけど。

帰りのタクシーの中は、一転して安堵の雰囲気。

「それにしても上米さん、よくあんなことがクライアントに言えますね」

感心と呆れが入り混じった口調で編成宮川が言うと、上米は平然と答えた。

「だって俺、本当のことしか言ってないから」

《まあ、そうですが。ていうか上米さんはいつもそうですが》

「人の気持ちになって考えてみろ。そうすれば交渉能力は格段に上がる」

「……人の気持ち？」

ヨイショ口調が無くなった営業大村が聞き返した。

「まずは一つ目。最初に女優Kのことを言ってきた営業部長は新任だろ？　新任てのは前任と自分が違うんだって、いいとこ見せたがるものなのさ。だから意見を言いたがる」

「なるほど」と営業大村。

「で、二つ目。でもそのアイデアってのは、女優Kをキャスティングできないか？　ってやつだっただろ。どう思った？」

「え、Kさんがバラエティ出てるの見たことありません」と編成宮川。

「そうだろ。てことはあの新任部長はテレビなんて普段見てないってことだよ。そんなの企画の新提案なんかじゃなくて、ただの素人の感想だ。そんなのにいちいち構ってたら、それこそこっちの体が持たないよ。なあ大村くん」

「ええ、まあ、営業はいつもそんなのばっかで体が持ちません」

「で、三つ目。そのKさんの提案が出た時、あそこで一番偉い重役さんは、怪訝な顔をしたんだよ。俺は見逃さなかった」

「だから、あんな演説かましたんですか」と美南。

「そう、つまりあの重役の方が今のテレビを知っている。さすが製薬メーカーで重役になった人だよ。そしてそんな人は常に理論的にものごとを考えるタイプなんだよ。だから、キャスティングってのの理論をちょっと講釈してやったのさ」


六月に入った。梅雨である。

美南は着実にAPとしてのキャリアを積み上げげつつあったが、ここのところ『うたカン』の視聴率はやっぱり思わしくない。来期一〇月の継続は決まったにせよ、ついに最悪年内の《打ち切り話》が局内では持ち上がってしまった。

イケイケドンドンの上米を快く思ってない人間は社内外に一定数いるのだ。彼らは、積極的にではないにせよ、少しでもその機会があれば、『うたカン』潰しに躍起になる。

それをよそに上米はスタッフ全員に、「雨よ降れ～視聴率よ上がれ～」と雨乞いをさせる。梅雨なのに雨乞いというのも意味がわからないが、テレビは雨だと在宅率が上がり、視聴率が上がるのだ。

《神頼みかよ！》

「神頼みです！　神様は頑張ってる人たちが大好きなのです！」

ただでさえハードな仕事に加えて、意味不明な上米の加持祈祷のフレーズや儀式の数々で、連日徹夜の美南は一層疲労困憊。

家にも帰れず、風呂どころか着替えもできない日々を送っていた。

《いいのか、こんなんで二六歳のうら若き乙女が！（いや、そんなに若くないし、乙女でもないけど……）》

元彼で今や時代の寵児サマーゲート社長の藤枝俊助とも、一応彼の告白を受け入れたことになってはいるものの、あれから何回かメールのやり取りをしただけで、会ってもいない。連日マスコミでは彼の名前を聞かない日はないのだが。

《果たして、本当によりが戻ったんだか、よくわからない》

片や、お腹も大きくなりふっくらした麻里子から送られて来る出産準備のあらゆる写メを見ていると、果たして自分の選んだ人生は正しいのだろうかと、考えるようになっていた。

そして紗季もまた、ワイドショーでの食レポに嫌気が差し始めていた。

美南はたまに家で紗季と顔を合わせても、あまり会話がなかった。でも思っていることは多分一緒だった。

《こんな生活、想像してたのと違う》

まるで梅雨のようにどんよりした日々が続いた。

そんなある日、美南のツイッターにメッセージが来た。

見てみると、島P、島本涼だった。

《えええええ？》

〈三崎美南さんご無沙汰してます。島本です。お元気ですか？　そういえば、今度お時間ありますか？　僕の夢をまだ叶えてもらってないので、叶えて欲しいんですけど〉

「えええええ？」

なんじゃー、これ。でも一度スクープ写真で騙されてるからなー……なんて懸念は美南の脳裏には思い浮かばず、すぐに返信を打ち始めた。

「えー、あの結婚式挙げた麻里子さんと、司会の女子アナさんと三人で住んでたんだ。いいなー」

返信から二日後、美南は島Pと西麻布のレストランの地下の個室で食事をしていた。

食事会は二人の予定を合わせたら二五時開始だった。なので今は二七時、というか朝の三時。でも眠くない。

なんか、彼には企みでもあるのか。初めは訝しがって、いろんなカマをかけてみたが、本当に美南と会いたかったらしく、そんな素振りは全く見せなかった。いつの間にお酒も進んで、楽しく会話が弾んでいた。

「ちょっとトイレ」

席を立つ島P。美南は一人になりふと気づく。

《輝いてない》

そう、今日の島Pは、輝いていなかった。当然まばゆいかっこよさは微塵も変わらないのだが、芸能人や有名人に出会った時に感じる独特のあのオーラの輝きが今日は無いのだ。なんでだろう?

「ただいま」

島Pがトイレから戻って来た。王子様がトイレに行くなんて信じられない。

酔った調子でつい言ってしまった。

「スーパーアイドルの島Pもトイレに行くんですね」

「え、なに言ってんの?　バカじゃないの?」

《えー、普通の返し。なんのひねりもないファミレスとかでカップル間で交わされる普通の返し。うーん。でもこれもなんかいいなあ。普通の島P》

そのあとも、とりとめなく会話が続いた。美南の学生の頃や、最近の仕事の話、お腹の大きい麻里子や最近食レポをやってる紗季の近況などなど。島Pも楽しそうに聞いてくれている。まるで彼氏のようだ。あ、言ってしまった。

島Pも、自分の身の回りのことを話してくれる。昔の彼女のこととかも。

「オレ、付き合ってても外で手繋ぎデートとかしたことないんだよね。ドラマの中だけ」

《そりゃそうだ、してるのが見られたらパニックだ》

「昔付き合ってた彼女にさ、ある時聞いたんだ。オレと何したい？　って。そしたらさ、竹下通りを一度でいいから手を繋いで歩いてみたいって」

「で、どうしたんですか？」

「え、早朝の誰もいない朝四時の竹下通り、二人で手を繋いで歩いてみた」

「えー。ばれなかった？」

「うん、誰もいなかったからね。でも楽しかったな」

「いいなあ」

「……」

「……？」

「今から、竹下通り行かない？　やってみようよ」

「え？」

「おれの夢を叶えてよ」

……朝四時の竹下通り。夏の黄昏時。東の空がピンクに染まっている。

島Pと美南は原宿駅側から竹下通りを歩いている。そして、手を繋いだ。

「ありがとう。夢が叶ったよ」

神様、これは、夢だ。でも、夢は起きてても見られるんだ。

七月になり。梅雨が明けた。酷暑の夏がやってきた。

手持ちのカメラが映し出す鬱蒼(うっそう)とした山奥の限界集落らしき映像に、鴨居純也のナレーションが重なる。

『ゾクゾクしていた……』鴨居のナレーションはシリアスで、ドキュメンタリー映像を思わせる。

今夜は『うたカン初夏のスペシャル　その瞬間をカメラは捉えた！　完全版』。

……話は一週間前に遡(さかのぼ)る。

「はい、夏といえばなんでしょう」

スタッフ会議で美南らに向かって上米が問いかけていた。

「海」「山」「カキ氷」「高校野球」などと回答が上がる中、上米は叫ぶ。

「お化けだよ、お化け！」

こうして『うたってカンカン～夏の心霊特集』が動き出した。

霊が出没するロケ場所探しに頭を悩ませるスタッフに上米は「お化けなんて仕込めばいいんだよ！」と堂々とヤラセ宣言をして、局Ｐの下沢とひと悶着もあったのだが。

空き家だらけでいかにも不気味な限界集落を探し出し、いよいよ撮影日になった。撮影隊はもろもろのスタンバイで先に現地入りしていたため、美南は田中チーフＤと、後で合流する番組ＭＣ鴨居の三人で、ハイヤーで出発した。

ハイヤーのラジオで、今回のロケ現場近くの刑務所から囚人が脱走したというニュースが流れた。

「え、ヤバいんじゃない？　脱獄犯とばったり出会ったりして！」

と冗談を言いつつ、三人はハイヤーで行けるところまで行った後、山道を歩き始めたのだが、いつしか道に迷ってしまった。

山中をうろついている間に、日が暮れてきた。携帯は圏外。完全に迷ってしまったことに焦る田中と鴨居と美南。

だが幸運なことに山中に一軒家を発見、その中からまさに山姥（やまんば）のような一人の老婆が出てきた。田中は「いっそのこと、ロケしちゃいましょ！　三崎くん、カメラを回せ。鴨居さんお願いします！」と小声で指示。美南は持っていたミニカメラで撮影を始める。

鴨居を急遽インタビュアーにして、老婆に直撃する。

「すみません、こちらにお住まいですか？」

田中は「お化けはやめて『ポツンと一軒家で山姥発見！』でもいいんじゃないか」と興奮を隠せない様子だったが、家に近づくと古い農家の佇まいから感じる独特の古臭い空気に「これマジでやばいんじゃない？　薄気味悪すぎるよ」と鴨居は青ざめるのだった。

「おれ、怪奇ものとかマジ苦手なんだけど……」

『ゾクゾクしていた……』再び鴨居のナレーションが映像に重なる。

いきなり撮影を始めた三人の姿に気づいた老婆は訝しがるが、迷ってしまった事情をなんとか話すと、一軒家の別棟に一晩泊めてくれることになった。

「田中さん、いきなり撮影って、ダメじゃないですか」

「バラエティは仲良くなることが大事だが、ドキュメンタリーは取材対象を怒らせなきゃだめなんだよ。さきに承諾もらったら、画に緊張感が無くなるんだよ」と意に介さない。

「で、このあとどうする？」

鴨居が二人に聞く。

「家の電話借りてスタッフとは連絡取れたんで。でも外は真っ暗ですし、朝までここにいるしか……」と田中。

「え、ほんとに心霊現象出ちゃったらどうすんのよ！」

「それこそ、スクープです。願ったり叶ったり！」


完全に夜になった。あたりは真っ暗闇。

いつの間に、老婆と鴨居は仲良くなっていた。

「ばあちゃんのこの汁うまいねー」

会話も弾んでいる。老婆がご飯を作ってくれたのだった。つけっぱなしのテレビからは、例の脱獄犯のニュースが流れている。

「こんなところで、一人で大変だねーばあちゃん。ご家族は？」

ニコニコ優しい目で鴨居はおばあさんに語りかける。

「父ちゃんは死んじまって、おまえさんと同じくらいの孫が一人いるんだけどもさ、だいぶ会ってないねー。今はテレビが家族かな」

「あれ、てことはボクのこと知ってる？」

「はい？　さて、どっかで見たような……」

そんなやりとりを聞いて、田中は、

「鴨居さん、この際企画変更して、『鴨居くんを知らない人を探しに来ました！』ってのどうです？」

「お、いいね！　じゃこのまま話聞いちゃいますか？」

……てなことで、急遽ロケの内容変更が決まった。テレビを消して、カメラを回し始める。

「わしも、もう長くねーから、こんなアイドルさんに出会えて、冥土の土産さでけたよ」

おばあちゃんは楽しそうに答えてくれた。

《いい人だ。あたたかい》

それにしても、どんなハプニングでも企画にしてしまう田中さんと、それに当意即妙で応えて、もうこのおばあちゃんと仲良くなってるアイドルの鴨居さん。みんなプロだなー。まだまだ素人のわたしは、下手だけどがんばってカメラを回す。

《わたしも、今度の休みは実家に帰ろう。おばあちゃんに会いたい》

夜更けを迎えた。虫の音が聞こえる。撮影を終え、老婆から布団を借りてきて別棟に皆で運んで川の字に並べた。ウソみたいだが、スーパーアイドルが美南の隣で横になっている。

美南だけ別場所で寝ようとしたけれど、どうも雰囲気がおどろおどろしく、結果三人で固まって一晩過ごすことになったのだ。田中は風呂にでも行ったのか、今は鴨居と美南の二人だけ。

「美南さんも風呂入ってきたら？　ここなんと五右衛門風呂だよ。なんか、俺すげー楽しい。こんな経験なかなかないからね」

鴨居は布団の上ではしゃぐ。さっきまで怖がっていたのに。この無邪気さと人懐っこさが人気アイドルの所以なんだろうな。

美南は、さっきのおばあちゃんとの会話が素晴らしかったと伝えた。

「どんな大物でも、素人でも、同じ態度でやさしく振る舞う鴨居さん、素晴らしいです」

「だって俺は本物のスーパーアイドルだからさ！」

あまりにカッコつけてキメ顔でいうので、つい笑ってしまった。

「ハハハ。でもマジでいえば、俺もばあちゃん子だからさ。ガキの頃を思い出して、つい懐かしくてさ」

鴨居は幼少期の頃の話を始めた。なんでも祖母のところで育ったのだと言う。

「おれ学生のころ、俗に言うヤンキーでさ。悪さして親に勘当されて、そんな時ばっちゃんに面倒みてもらったんだよね。事務所を勧めてくれたのもばっちゃんなんだ。で応募して合格して、そっから忙しくて全然会えなくて、そしたら一昨年亡くなっちゃった」

《そうなんだ。鴨居くんは地元のワルだったっていう都市伝説は本当だったんだ。きっと光り輝くスーパーアイドルにも、いろいろ闇があるんだろうな》

するとと自分のことを喋りすぎたと思ったのか、鴨居は突然話を変えた。

「ところで美南さん、彼氏いるの？」

隣で寝っ転がってるスーパーアイドルがいきなり聞いてきた。

「え、あ、いないです（と答えておこう）」

「ふーん、そうなんだ。あいつ喜んじゃうな」

「あいつ？」

「島本！」

「え？」

「だってあいつ、君のことかなり関心持ってたよ」

《え、なにそれ？　隣で横たわってるスーパーアイドルが、もう一人のスーパーアイドルがわたしに関心があるって言ってくる……なんだこのシュチュエーション！　ありえない。漫画みたい！》

美南は先月の原宿手繋ぎデートを思い出した。

「赤くなった。ほんとに好きなんだね島本のこと」

「あ、いや、なんていうか子供の頃から追っかけやってまして。ていうかＦＬＡＴはわたしの人生なんで」

「へー、追っかけ。マジで嬉しいね。俺ＦＬＡＴのこと、この世界で一番愛してっからさ。これからもよろしく頼みます。ＦＬＡＴも島本も！」

《え、島Ｐのこと、お願いされた》

「じゃ俺らのライブとか来たことある？」

「はい、何十回も。最初は親と一緒に小六の時に、浜松の勤労会館に行きました」

「え、てことは今から五年前くらい？」

「違います、そんなに若くないです。一五年くらい前です」

「ハハ。てことはデビュー後すぐだ」

「はい！　まだＦＬＡＴは五人でした」

《あ、五人だったことは言っちゃいけなかったかな》

そのことについてはおくびにも出さず、鴨居はあの頃を懐かしがる。

「あの頃はさ、一日で四公演とかざらだったからね。公演と公演の間は握手会だし。で翌日はまた違う街でコンサートだからね。ほんとＧ事務所は働かすのよ」

あの頃は、コンサートが終わってもファンがうろついているからと、ビジネスホテルに缶詰で、いつも夕食はコンビニ弁当だったという。

「だから浜松とか何度も行ってるけど、うなぎ、食ったことないんだよ」

スケジュールは辛かったけど、みんなで絶対FLATをメジャーにするんだと誓ったそうだ。

それを聞いていた美南は、追っかけとしてつい感極まってしまった。

そんな大量の場数が鴨居の今のスキルにつながっているのは間違いない。

「でもテレビの仕事についてからは、ライブにはなかなか行けてないです」

「え、じゃ今度来てよ。秋からドームツアー始まっから。やばいよドームの規模。スタッフ総勢一〇〇〇人、カメラ三〇台だからね。もうこれ逃すと……」

「はい！　ありがとうございます！」

《え？　今食い気味に返事しちゃったけど、今「これ逃すと」って鴨居さん言わなかった？　どういうこと？》

鴨居に続きを聞こうとしたら、田中が戻ってきた。

「鴨居さん、三崎くん、相談があります」

そう言って田中はいきなり電気を消した。そして、こそこそ声で話しだした。

「この家、今日ニュースでやってた脱獄犯の家なんです。で、あのおばあちゃん、その犯人の祖母です」

「えええ？」

「シー、静かに……」

田中の説明によると、三人の分の食事があったり、病気がちの老婆がこんな山奥で一人で住んでいたり、なんかおかしいと思って、おばあちゃんからいろいろ事情を探ってみた。すると、ひさかたぶりに孫が家に帰ってくるからと、病院を抜け出して手料理を用意してたのだという。その孫のことを聞いてみたら、どうやら例の脱獄犯に間違いないと田中は確信したらしい。

おばあちゃんは、さっきはカメラの前だから黙っていたが、孫が刑務所を脱獄したのをテレビで知って、自分に会いに戻ってくるに違いないと確信しているそうだ。

「マジで？」

「はい、写真も見せてもらいました。髪型違うけど、報道されてる人物と一緒です」

「孫もヤンキー上がりか」

鴨居は一人つぶやく。

対応策をこそこそ協議していると、母屋の方でがさごそ音がする。こんな夜更けに誰かがやってきたみたいだ。

三人はしずかに戸を開けて外を見る。母屋の玄関に明かりがつき、そこに一人の坊主頭の男が立っていた。

《あれ、脱獄犯？》

風貌から脱獄犯だとわかり、田中の興奮は頂点に達したようだ。

「カメラを回そう。暗視モードにして」

大スクープ映像に美南も興奮を隠せずにいたが、カメラをのぞくと、おばあちゃんは泣いていた。「なして、なして」とむせび泣く声が聞こえた。

「刑務所に帰り！　このバカが」

「ばっちゃんに会いたくて」

そしてまさに脱走犯と老婆が接触したその瞬間、大勢の警察官がやってきて、二人を取り囲んだ。警察も実家を警戒していたのだ。

脱獄犯は抵抗せずに捕まった。

「脱走犯にインタビュー狙ってみよう」

田中は言う。でもアイドルの鴨居がここにいると知られると大ごとになる。

鴨居を残して、田中と美南で警察官のところに向かった。警察はいきなり現れた二人を訝しがるが、田中が社員証を見せ事情をなんとか説明している。その間に美南はカメラをまわそうとしたが、警察はなかなか応じてくれない。

すると鴨居が近くにやってきた。男も警察も目の前に現れたスターに驚きたじろぐ。

その一瞬の隙を突いて、鴨居は男に質問する。

「なんで逃げて来た？」

「ばっちゃんに会いたかった」

鴨居の眼光はドラマのシーンでしか見たことないほどするどい。まるでヤンキー同士のタイマンだ。

「刑期を終えてから、会えばいいだろう？」

「そんじゃばっちゃんの病気が持たねーよ。死ぬ前に会いたかった」

「気持ちは……わかる。けどな……」

すぐ警察に撮影は制止され、脱走犯は手錠をかけられ、車に乗せられてしまった。そんな孫の姿を呆然と見つめる年老いたばっちゃん。

《なんか、いたたまれない》

美南の目に涙が溢れる。

「鴨居さん、老婆にも続けて話を聞こう！　インタビューを撮ろう」

「でも……」

美南は躊躇（ちゅうちょ）する。

「仕事なんだよ」

田中も泣いていた。

「行こう」

鴨居は泣いていなかった。おばあちゃんを家に入れ、インタビューを始めた。

真っ暗な森の中、サイレンの回転灯が木々を赤く照らしながら、逃亡犯を乗せたパトカーは山を下って行った。

ぽつんと一軒家がスクープ現場に変わった瞬間だった。

翌朝、予定の撮影は取りやめて、撮影隊と合流し局に戻った田中は上米に説明する。

脱走犯の逮捕の瞬間と、鴨居がその祖母へ独占インタビューする様をカメラで収めたと伝えた。

「でかした、田中」

特大スクープに『うたカン』スタッフ達から歓声が上がるが、上米は言う。

「『ごごおび』に俺の同期のプロデューサー沢木がいるから、渡して来て」

田中は、もったいないと反論した。

「これ、ボクの撮ったスクープですよ！『うたカン』で流さないと意味がないです」

「いや、こういうのはすぐに流さなきゃ意味がない。来週の『うたカン』では遅すぎるんだよ」

と言う上米。

「それに恩と縁は送り合うもんだからな。沢木に貸しイチだ」

そんな言葉に田中はしぶしぶ納得する。

だが、上米は美南だけに呟く。

「初出しすれば数字行くと思うだろ？　だけどな、先に今日の『ごごおび』で放送をやらせておいて、話題にしてから、来週の『うたカン』で未公開シーンも入れてがっつりノーカット版を特集でやる方が、数字は取れるんだよ」

上米は不敵な笑みを見せた。

こうして翌週、ドキュメント完全版は『うたカン』で流れたのだった。

そして八月になった。

「今年はお盆休みあるかな。地元の浜松に帰ろうかな」

そんなことを美南は考えながらある酷暑の夏の日、自分のデスクの前のテレビで『ごごおび』のオンエアを見るでもなく見ていると、ニュース速報が流れた。

それは藤枝の会社サマーゲートがＪＢＳテレビの買収提案を発表したというものだった。

局内は騒然とした。なにせほとんどの社員はこのニュース速報で初めて自分の会社の非常事態を知ったのだ。

しかし、テレビ画面を見つめる制作局の大部屋では、いつもの喧騒と違い、どことなく異様なほど静粛な空気が流れていた。

美南も呆然としていた。

《彼は、そんなことわたしに一言も言ってなかった》

しばらくして、緊急局長部長会議から帰ってきた上米が現れた。

彼は美南の顔を一瞥して、口を開いた。

「至急、番組会議だ。来れるやつだけでいいから、全員呼んでくれ！　住田、部屋頼む」

「あ、はい。Ｓ一一二会議室押さえときました」

「お、早いな」

「会議やると思ってたんで」

やっぱ、東大くんは要領がいい。

五分後、緊急制作会議が始まった。

「ということで、藤枝氏は、このＪＢＳテレビの敵になった」

《敵》

「今まで、彼はこの番組に、『お宅訪問』と『人生劇場』の二回出てくれてる。しかし彼の敵対的買収提案に対して、局としては断固戦うので、これから彼の過去の出演映像は一切使用禁止だそうだ」

スタッフは上米の話を静かに聞いている。一体どうなってしまうのか？　そんな不安をどこかしら感じているのだろう。

不安そうなスタッフを無言で眺める上米。すると突然ニカッと笑った。

「はい。というのが上からのお達しですが、われわれ上米チームはそんなことに従ってられません。つまり！　背に腹は変えられないからです。つまり!!　攻撃は最大の防御なのです。つまり！！！　……ベンチャーが注目を集める今こそベンチャーで数字を取るのです」

　みんなの顔がキョトンとした。

《この人は何をいってるんだ？》

「ふふふふ。世界が動き始めたのだよ。我々にはこの動き出した世界を観察して放送する義務がある！　この際、この一連の買収騒ぎを撮り続けよう！　で、時期を見て、ここぞって時に放送する」

《上米、気でも狂ったか》

「そしそのフジエモン騒動の撮影の担当に三崎くんを指名する」

「えええええええええええ？　なんでわたしが！」

と抵抗を示す美南に、上米はスタッフの面前で言い放った。

「だってお前、あいつの元カノじゃん」

　その事実を知らなかったスタッフ達は騒然となる。中でも美南に好意を寄せるＡＤ住田は動揺を隠せずにいたが、そんなことは上米にはおかまいなし。

《おい、上米、黙ってるって言っただろが！　オマエほんとに狂っただろ？　え⁉》

「一度はねんごろの仲だったんだろ？　お前が頼めば撮らしてくれるだろ？」

だが美南は「撮らしてくれるかもしれませんが、頼みません！」と拒否する。

「プライベートと仕事は別でしょう！　それはＡＰの仕事ではないと思います！」

と敢然と上米に立ち向かい、さらに爆発した。

「上米さんの発言はパワハラですよ！」

と美南は怒りを露わにする。

しかし上米は、ここぞとばかり冷静に言った。

「武道を始めた人間が、師匠に対してパワハラだと騒ぐか？　修行させてもらって感謝だろ？」

美南は反論する。

「仕事と武道は違います。上司と師匠は違います」

「違わない。前にも言ったろ。仕事とは修行なんだよ！　仕事の上司と部下というのは、人生の師匠と弟子なんだよ。そうでなければ人生を生き抜くスキル、ソウルは身に付かないんじゃないか？」

「私は上米さんの弟子になった覚えはありません！」

「俺はお前を弟子にした覚えがある！」

そう言い切る上米龍三郎は、まるで歌舞伎役者のごとく見栄を切った。

《「よ、上米屋！」

……おいおい、あやうく声をかけそうになっちゃったよ》

美南の元カレであるベンチャー企業社長・藤枝俊助が、ＪＢＳテレビの買収を宣言して以降、局にはマスコミが殺到する日々となった。

藤枝のことをどうするか？　そして、あれから何度かやりとりしている島Ｐのことを考えながらも、もうどうしようもなく動けなくなった美南は、入社以来初めてのお盆休みをもらった。

というか、もう仕事をやる気も起こらず、バースト気味な自分の心を落ち着かせるために、半ば無理やり取ったのだ。

「休むからには、親孝行してこい」

上米はさっぱりと送り出してくれた。しかし上米をはじめ、ＪＢＳの社員たちは、お盆も気が気でなく、休んでいる場合ではなかった。

ＪＢＳvsサマーゲート、連日の攻防。局の上層部も買収に対抗するさまざまな対策を講じ、藤枝は劣勢に追いやられていた。

しかしお盆明け、藤枝は起死回生の記者会見を行った。

サマーゲートによるＪＢＳ買収提案と、その改革案についての発表だった。

それもネットを使ってのライブ放送だ。

その会見で、ＪＢＳ報道局プロデューサーによる女子アナへのセクハラの実態が暴露されたのだった。

その会見の模様を実家のスマホで見ていた美南は青くなった。

「これ、紗季のことだ」

すぐメールが届いた。上米からだ。

〈藤枝の会見見たか。木之下紗季アナのセクハラのこと、オマエ藤枝に言ったか？〉

紗季からもメールが来た。

〈藤枝さんの会見見た？　私のセクハラ事件のこと喋ってる。なんで知ってるんだろう？どうしよう……〉

私が俊くんに、紗季のことを喋った？

いや、喋ってない。

じゃ、誰が？

ＪＢＳに内通者が？

お盆も終わり、美南が浜松の実家から戻り出社する頃には、風向きは変わっていた。

他局や新聞・雑誌は一斉にＪＢＳのセクハラ問題を報じ、ＪＢＳvsサマーゲートで傾きかけていた局側への世間の同情は、一気に藤枝側に味方についたのだ。

社内でも、女性社員や労働組合から現経営陣に対する真相究明を要求する声が出て来た。

古い組織の体質を変えるためには、新しい経営者が必要なのだ。そう訴える藤枝の作戦は見事なもので、最早藤枝によるＪＢＳ買収は時間の問題かと思われた。

そんな中で、当の紗季は、ずっと会社を休んでいる。そしてシェアルームにも帰ってこない。実家にでも戻っているのか。メッセを送ると、「ありがとう」と時々返ってくるけど、ほとんどが既読スルーだ。

紗季は、美南が藤枝にしゃべったのかと、もしかしたら疑っているのかもしれない。違うとは返答したけど、でも信じてくれていないのかもしれない。

《どうしよう》

そして八月も終わりという最終週の月曜。

さらにニュースが飛び込んできた。

それはＦＬＡＴ解散という衝撃のニュースだった。

美南は急いで出社すると、上米達とともにＦＬＡＴのニュースを扱う各局のテレビ画面を食い入るように見つめた。

ワイドショーや今朝のスポーツ紙で解説される原因は、リーダーである鴨居とエース島

Pの不仲というものだった。

上米は「島Pを番組に出し、鴨居くんと直接対決させるしかない」と言う。

だが、JBS上層部はFLATが所属するG事務所と懇意にあるので、解散については大きく扱わないと早々に方針を固めた。二人の直接対決の実現は到底不可能と、スタッフの誰もが思った。


その夜。上米からAP三人とチーフD田中が呼び出され、緊急制作会議が開かれた。

そこで上米が問いかけた。

「夏と言えばなんだ?」

「え、お化けですよね?」

美南の答えに、上米は、

「夏と言えば生だろ。生をやるしかない!」

と高らかに叫び、『うたってカンカン』初の生放送を宣言した。

思わず田中は上米に言った。

「上米さんは《丁寧な編集が『うたカン』のよさだ》って常々言ってますけど……」

だが一度言い出した上米は聞く耳など持たない。

「いや、フジエモンの会見見ただろ! 今や時代はライブなんだよ。夏と言えば生なんだよ！」

そして、

「ダメですよ。上が……上が……」

と猛反対する局P下沢に上米は言った。

「下沢くん、本当に数字取ったら、上は誉めてくれるもんなんだよ。奴らはいつも手のひら返しさ。なら奴らの手のひらにこの際どかーんと乗ってやろうじゃないの！」

止まらない上米は「九月の第二週目は生放送だ。三時間だ。枠はこれから編成宮川を脅して、絶対押さえる。そこに島Pを出す！」と宣言。

「『うたカン』は鴨居くんの看板番組だ。このタイミングで島Pを出さないでどうすんの？」

一気にまくしたてて、その必要性を訴える。

「今こそ、立ち上がる時だ！」

まるで演説する革命家のようだ。

「田中くん、至急生放送の台本作成に動いてくれ！　極秘だ」

無言でうなずく田中。そして美南に向かって、

「優秀なAPである三崎美南くんに特別任務を与える。島Pを生放送のゲストに出せ。お前は今から特任プロデューサーだ！」

そう命じると、「上があ⁉」と頭を抱えた下沢の叫びが会議室に響き渡る中、上米は会議室を後にした。

「島Pを生放送に呼ぶ⁉」今度は美南が頭を抱えるのだった。

夏の終わりが、やって来る。

それは夢の始まり？　それとも終わり？

——つづく。

エピソード6：緊急生放送『新しい世界』

激動の八月も終わりに差し掛かり、九月になろうとしている。

買収騒動でＪＢＳ局内が揺れる中、サマーゲートの社長・藤枝俊助が買収提案書を持って近い内にＪＢＳに乗り込んでくると報じられ、局内はさらなる緊張感に包まれていた。

そんなある夜、西麻布のレストランの個室に意外な二人の姿があった。

島Ｐと藤枝が食事をしているのだ。

この二人に、どんな接点があるのだろう。

「新しい世界、僕は見たいんですよね」

「そこ、一緒ですね。なら壊さないと。古い世界を」

二人ともに紳士的な振る舞いを見せる中、酒が回ると、それぞれの野心が透けて見える。

やがてお互いの恋愛話になり、どちらからか美南の名前が出た。

藤枝がふと言う。

「僕は欲しいものは手に入れるタイプなんですよ」

その言葉に島Pが反応する。

「知ってますよ。ふふ。今はテレビ局が、欲しいんですね」と。

すると藤枝は「ええ、テレビ局。それと……」と言葉を濁す。

「それと？」

島Pは問いかけるが、藤枝はそれには答えないで、ほくそ笑むばかり。


一方、この日、局内にある会員制のレストランで食事をしている最中の上米龍三郎から、いきなりメッセージが美南のところに来た。

「番組の資料を大至急持ってきてくれ」

急いで資料を持ち、会食の場に向かうと、そこには上米と重岡、通称ライブラリーのシゲさん、そして柔和な雰囲気をまとった老人が三人で食事をしていた。

《シゲさんが、なんで上米さんと？　なんでこんなところでディナー？》

「あ、三崎くん、ありがとう」

上米に資料を渡す。重要な会食だと思い、急いでその場を立ち去ろうとすると、

「美南さん。紹介しよう。こちらは神崎（かんざき）さん」

とシゲさんが美南をその老人に紹介し始めた。

老人はニコニコと立ち上がり、美南に名刺を差し出した。

名刺には『神崎芸能事務所』代表・ジョージ神崎と書いてある。

美南が渡した名刺を読みながら、そのジョージ神崎は握手のために右手を出してきた。

「こんにちは。よろしくどうぞ。アシスタントプロデューサーのみなみ・みさきさん？」

「あ、三崎美南です」

「ほほほ。英語名みたく読んじゃうと、ユーの名前はどっちがファーストネームかわからないね」

《ユーって呼ばれた！　え？　この人、ジョージさん？？？　……名前は知ってる。というか日本人はほぼ全員知ってる、かの有名なジョージ神崎さん。でも顔は知らない、見たことない》

このジョージ神崎こそ、日本のトップアイドル事務所である神崎芸能事務所、通称G事務所の神様、かの有名なジョージさんだったのだ。

上米が丁寧に付け足す。

「確か……ジョージさんの頭文字からG事務所と呼ばれているんですよね？」

するど、シゲさんがニコニコしながら、

「上米ちゃんでも知らないの？　本当はジョージちゃんのこと、僕らが神崎だからゴッドさん、ゴッドさんって呼んでたら、それが事務所の通称にいつの間にかなっちゃったんだよねー」

シゲさんは、むしろ気さくにそう付け加える。

《お、シゲさんはジョージさんのことをちゃん付けだ。シゲさんすごい！》

「シゲさんには、うちの子たちをたくさんバストテンに出してもらったから、シゲさんこそ僕の恩人ですよ」

ジョージさんはニコニコと静かに答える。

「この三崎くんは、うちの番組の優秀なＡＰで、局内一のＧアイドルファンですよ。な？」

上米がさらに被せる。

「ほー。嬉しいね。三崎さんはうちの子で誰が一番好きですか？」

《え、ジョージさんから質問。それも難問。誰と答えればいいのだ……》

「え、みんな素敵ですけど。追っかけやってたのは……島Ｐさんです」

人はこういう質問をされると、だいたい人の顔色を気にして答えを変えたりする。でもそういうのが、一番相手を疑心暗鬼にさせるから、正直に答えるのがいいと、かつて上米に教わったことがある。

「島本ね。彼はカッコイイからね」

しかし、Ｇ事務所の宝物であるスーパーアイドルグループＦＬＡＴを解散に追い込もうとしている張本人の名前を発した時、ジョージの目は笑っていなかった。

《その目を上米さんは見逃していなかった、多分》

ジョージは続ける。

「島本を、これからもよろしくお願いしますよ、美南さん」

そして美南は、もう一度ジョージと握手を交わしてレストランを後にした。


それから数日後。この日は朝からＪＢＳの周辺を他局のカメラクルーが取り巻いていた。上空にはヘリコプターの旋回音もけたたましい。いよいよ藤枝が買収提案のためＪＢＳに直接乗り込んで来る日なのだ。

社内も独特の空気が流れていた。

局の廊下にある掲示板には、一枚の紙が張られてあり、そこには《藤枝俊助様へ》で始まる、藤枝へのメッセージが書かれていた。

一体誰が書いたのかとすぐに局中で話題となったが、名乗り出るものはいなかった。


そして異様な空気が局内を包む中、午後一時に藤枝がいつものラフな格好、半ズボンにサンダルで局に現れた。

最上階にある役員大会議室に通された藤枝は、その部屋でＪＢＳの社長と対峙する。

一礼する藤枝に向かって、ＪＢＳホールディングスの社長・雉桜（きじざくら）は言う。

「御社の買収提案書、読ませてもらったよ」

「ありがとうございます。どうでしたか？　御社にとっても有意義な提案だったと自負しておりますが」

「『クイック！　クイック！　クイック！』ね」

「はい、弊社のスローガンです」

「きっと急いで作ったから、チェック漏れがあったみたいだね」

「はい？」

「ＪＳＢ？　うちの名前はＪＢＳ。提案書にＪＳＢって書いてあった。買収したい会社の名前まちがえちゃいかんだろう」

「あ、ミスプリ申し訳ありません。ただ、提案自体は最先端で実効性があるものをご提案したつもりです」

「君らネットの方々は、お行儀が悪いな」

「お行儀？」

つい嘲笑してしまう藤枝。

「若いうちに思い切りやってみるのはいい。だがな、若造、結局しがらみには勝てないぞ」

社長は凄みを効かせるが、その言葉に藤枝はさらに笑みを浮かべる。

「すみません。お行儀のことを言われるの想定外でした。若造なもんで……」

会談を終え、ＪＢＳの敷地を後にするやいなや、藤枝に他局のインタビュアーが一斉に群がり質問ぜめにする。

それを生中継する他局の午後のワイドショーをザッピングしながら知る美南たちＪＢＳの社内。ちなみにＪＢＳの『ごごおび』を回すと『夏のワンコイングルメ特集』をやっていた。

ＪＢＳをとりまく喧騒とは裏腹に、ＪＢＳだけが日常の当たり障りない放送を垂れ流している。

その夜、藤枝から誘いを受けた美南は、指定の場所へと出向いた。

「今日、君の会社に行ったよ」

「知ってる。社内はその話題で持ちきりだったから」

美南は会社の掲示板から剥がしてきた組合報を藤枝に差し出した。

「読んでみて」

サマーゲート社長・藤枝俊助さんへ
制作局制作センタードラマ・バラエティ制作部有志一同

藤枝さん。あなたが金融を学び、英会話に磨きをかけ、アメリカに留学してまで本場のM&Aの専門技術を習得していた二〇代、私たちはドラマやバラエティの制作現場を走り回り、弁当を配り、台本をコピーし、先輩にしごかれ、出演者の気分を盛り上げ、連日早朝から深夜まで、番組作りのことだけを考えてすごす。私たちは、あなたほどM&Aのことはわからないが、番組作りについては、あなたよりよくわかる。私たちは「グローバル市場を勝ち抜く」ために番組を作ったりはしない。私たちは、笑い、感動、息抜き、知的好奇心などを求める社会的な要請に応えるために番組を作っている。

あらゆるものの背景には「よりよい社会」を築くための社会的要請がある。それに応えることこそが最終的な目的である。例えば、法律もそのための一手段にすぎないし、会社法によってお墨付きを得られたかのような株式資本主義社会ですら、その最終目的のために、今現在とりあえず選んでいるだけの経済体制でしかない。「法律には違反していない」「上場している会社を買収して何が悪い」とうそぶくあなたの念頭に、そうした社会的要請はあるか？　あなたに国民の姿は見えているか？　個人的な野心も、経済の活性化には必要だろう。しかし、まず顧客である国民が第一にあり、そのために身を粉にして働く従業員が第二にあり、その企業活動が許される舞台としての社会と地球環境が第三にある。その三つが調和して、はじめて利益が生まれ、株主に還元をもたらす。この優先順位が崩れるとき、その企業は社会から退場を余儀なくされ、結果的に株主にも大きな損失をもたらすだろう。

藤枝さん。あなたに顧客は見えているか？ 今回あなたが顧客のメリットとして挙げていることは、すでに私たちがさまざまな提携先と進めていることばかりだ。あなたに従業員は見えているか？ 私たち従業員は、強力なワンマン経営者を望んではいない。あなたに社会的要請は見えているか？ 見えているのなら、よその会社の株主にちょっかいを出すための費用を、サマーゲートのシステムの不備を正すために使用すべきだ。

残念ながら、私たちが番組を作りながら直面する社会的要請の中には、俗っぽいもの、品のないもの、むきだしの欲望、あるいは一見反社会的と見えるものなどもあるのは事実だ。しかし、私たちはそれらからも目をそむけず、自らの責任において表現の中に取り込んできた。そして、失敗したとき、非難を浴びたときは、検証し、反省し、ノウハウを積み上げつつ自律的に対処してきた。そのために、私たちは二重三重の考査システムを持っている。それらはすべて、上意下達でない、自由で民主的な社風だからこそできることだ。それがＪＢＳのカルチャーであり、聞き及ぶかぎり、サマーゲートとはまるっきり正反対のカルチャーである。サマーゲートグループのコンセプトのひとつは「クイック！ クイック！ クイック！」であるという。確かにＭ＆Ａとは「時間を金で買う」という発想だ。しかし、私たちと私たちの先輩が五〇年かけてはぐくんできた、このカルチャーを金で売るわけにはいかない。それは、私たちの誇り、そのものであるのだから。

藤枝さん。あなたの口から、番組作りへの思い、ヴィジョンが話されたことはない、と認識している。しかし、私たちは番組を作って、はじめて社会の中で生かされる人間の集団である。私たちとともに仕事がしたいのなら、株を買うことではなく、番組作りについて、私たちと同じ言葉で話すことから始めて欲しい。そのために、社外取締役ではなく、現場のADから経験したい、というのなら歓迎する。

現場を愛し、現場を理解し、現場の信頼を勝ち得たリーダーと、私たちはともに歩んでいきたい。私たちの魂は「ものづくり」だから。私たちはM&Aが本業の「虚業家」とは、いっしょに「ものづくり」することはできない。

藤枝さん。現状のまま、私たちがあなたを受け入れることは、決して、ない。そのことを、どうか理解して欲しい。

「ふーん、誰が書いたの?」

と笑いながら言う藤枝に、美南は屹然と答えた。

「たぶんわたしの師匠よ」

美南は、それを書いたのが上米だと確信していた。

藤枝の目を見つめる。彼は何を思っているのか？

自信過剰なオーラを感じつつも、彼の目にはうっすらと動揺が感じられた。きっと彼をよく知っている者しか感じ取れない、彼の微かな揺らぎだ。

《別れたあの時も、こんな目をしてた》

そう思った美南は、決心する。

こんなAPのわたしだって、テレビスタッフの端くれなのだ。弁当配りや台本のコピー作業を仲間達と延々やってきたのだ。

「俊助さん。あなたが弁当配りやコピー作業からやると誓うなら、付き合ってもいいよ」

そう言うと、美南はその場を去った。


一方、一向に進まない美南の島P出演交渉に上米は、ついに直接島Pとの交渉を行うことを決意する。美南は、思い切って島Pのツイッターにダイレクトメッセージを送ってみた。

〈島本さん、わたしの上司のプロデューサー上米が、島本さんとお会いしたいと申しております〉


雑居ビルの屋上で対峙する島本と上米の二人。何度か会話が交わされたあと、上米の耳打ちで、島Ｐはうなずく。

「わかった。ただ条件がある」

こうして『うたカン生放送三時間スペシャル』に島Ｐを、ＪＢＳテレビの上層部には内緒でサプライズ生出演させることが決まった。

そして島Ｐ側もＧ事務所には秘密だ。あくまで、島Ｐ個人の判断で出演を約束した。

美南をはじめ、限られた番組スタッフにそのことを上米は告げる。

「会社には内緒で、当日スタジオに島Ｐを入れる。バレないように、田中、フェイク台本を作れ！　住田、三崎と搬入経路と方法を考えろ！　当然、美術さんや技術さんにも内緒だ」

驚く美南に上米は言った。

「人生はドラマじゃなくてバラエティなんだよ。ドラマは終わりが決まっているけど、バラエティ番組の終わりは決まってない。死ぬ瞬間が終わりだ。どの番組もボロボロになって終わるんだ。だからこそみんな終わらせたくなくて必死で頑張るんだよ」

さらに、上米は続ける。

「確かに数字は欲しい。だけどな、俺は何よりも『うたカン』を終わらせたくないんだよ」

その言葉にしっかりとうなずく美南。

九月に入った。まだ残暑が続く。台風も来る。しかし風はそれでもどことなく秋の風だ。

いよいよ『うたカン生放送三時間スペシャル』が来週に迫っていた。

藤枝によるＪＢＳ買収騒動は大きな社会問題と化し、変わらず世間の関心を集めていた。

ＪＢＳ経営陣は危機感をつのらせ、今や政府、民放連、各投資会社、評論家、解説者、文化人、芸能人を巻き込み、連日様々な憶測が報道されていた。

ＪＢＳ局内のセクハラ問題は、国会でも議論されるようになっていた。

紗季は未だ雲隠れしている。

また、一方でネットでは、芸能界の暗黙のしきたりなのか、何かの忖度なのか、テレビではほとんど報道されないＦＬＡＴ解散の話題で持ちきりだった。

美南は『うたってカンカン』の生放送に向けての準備に追われ、目の回る忙しさの渦の中にいた。

通常の放送フォーマットに合わせ、台本が作られる。通常の収録の進行がうっすら決まっている想定の進行表ではなく、今回は一言一句文言が決まっている様な分厚い生放送用の台本を用意する必要がある。

そして、実はその台本は、当然完璧に作られてはいるのだが、実はフェイク。あくまで見せかけ用の台本なのだ。

その台本で、美術さん技術さんを集めての当日の進行会議を行いつつも、実は裏では、本当の台本作りもされていた。

普段はなかなか時間がない番組チーフ構成作家のズッキひろむも、連日の長時間会議に参加する。彼の目も血走っていた。

普段は口頭でしかアイデア出ししない大御所作家のズッキが口をパクパクさせてブツブツ言いながら、自らPCを叩いて台本を書いているのを美南は初めて見た。

フェイク台本では、番組の後半の一〇分間を使って、鴨居からワンショットで、『FLAT解散についての視聴者へのメッセージ』というコーナーが設けられている。しかし実際はそこで、島Pの突然の登場があるのだ。当然三〇分くらい用意したい。

なので、フェイク用にわざわざ作ったコーナーを潰して、最後のコーナーの尺を開ける……そんな本当の進行台本がズッキの手によって別に作成されているのだ。

つまり、スタンバイという意味では二つの別番組の用意をするような作業量だった。

さらに言えば、通常の一時間番組の三倍の長さのスペシャル枠で、そもそも作業量は三倍あるわけだから、その二倍の三倍、つまり六倍もの作業を行わなければならない。

シゲさんは、昼休みになって混む前の一一時の開店間際に、赤坂にある老舗の蕎麦屋に入っていく。するとすでに店には初老の紳士が、昼間から蕎麦をさかなに日本酒を飲んでいた。

「おお、雉さん、昼間から酒か？　高視聴率の出た翌日にはここでよく昼間から呑んだねー」

「呑まなきゃ経営なんて、やってらんねーよ」

べらんめえ調の喋り方はＪＢＳテレビ社長の雉桜だった。重岡と雉桜は同期入社なのだ。

その後、制作現場で音楽番組を作り続けた男は、定年を迎え、今や嘱託でライブラリー室の管理人をやっている。

ノホホンとした重岡の生活。一方の雉桜は、その後編成担当をやり、営業部長をやり、経営企画局長をやり、取締役を勤め、ラジオ局の社長をやったあと、ＪＢＳの社長なのだ。

重岡が『ザ・バストテン』のプロデューサーだった頃の、営業担当が雉桜。

トントン拍子だ。

「よう、シゲさん。まあ一緒にどうだい？」

「いろいろ大変だねえ。まあ雉ちゃんなら大丈夫だろうけどさ」

「いやいや、今回ばかりはかなりキツイね。いろいろ手を回してるよ」

そんな含みがある言い回しが、この雉桜の若い頃からの口ぶりだった。

「あ、ジョージちゃんがね、よろしく！　って言ってたよ。大変な時に、さらにいろいろご迷惑かけてすみませんって」

「G事務所も、いろいろ大変だね。この世界の神様もそろそろ現役引退ってやつ、かな。ってもう二〇年近く、そんな会話を繰り返してるけどね」

「つまり、今も昔も、老いも若きも、人も神様も、生きてくってのは大変てなわけだ」

蕎麦をすする重岡。

「そんな暴風雨の中で生きて死んでいくのが、人生だよ。まあ、俺は晩節は汚したくないね」

酒をグイッと呑む雉桜。

「晩節は怪我したくないね、ってところかな、俺は。お、玉子焼きももらおうかな？　蕎麦屋の玉子焼きはうまいんだ」

「いいねえ」とほろ酔いの雉桜。

「新しい世界の神様は、どんなんなんだろうねえ？」

「どんな神様でも、せめてお行儀よくしてもらわないと。他の神様たちが怒っちまうでしょ？」

「短パンにサンダル履きは嫌かい？」

「嫌いだねえ。失礼なやつは大っ嫌いだよ！」

『うたカン生放送』放送日の早朝。風は涼しい。夏は終わったのか。

美南は藤枝から突然、高級住宅街の自宅に呼ばれた。

以前『うたカン』のお宅訪問で訪れて以来だ。

〈今日どうしても話したい。今から来れないか?〉

行くのをかなり迷いつつも、どうせ徹夜が続いた寝ていない朝だ。美南はタクシーで向かった。車内で急いで最低限の化粧をする。

《この目の下のクマだけでもなんとか隠さないと》

家の前に着くと、マスコミが数社、待機していた。

《報道の皆さんも大変だ。お疲れ様でごぜーます》

そんなことを思いながら、美南はインターホンを押さずに、藤枝に電話をかける。すると家の門が開いた。

何人かのマスコミは興味を持ったが、美南は彼らに軽く会釈をして躊躇せず家の中に入った。寝ていないと行動も大胆になるのだ。

リビングに行くと、藤枝が大きなソファにポツンと一人で座っていた。

《俊くん、こんなに小さかったっけな》

「おはよう。悪いね」

美南が座ると、いつもの饒舌な藤枝もこの時ばかりは寡黙だった。朝がそうさせるのか、眠いのか、寝起きだからか、寝てないのか、寝れないのか。

「家の周り、すごい報道陣だよ」

「それ、みんな君のお仲間でしょ？　弁当配り合いした？」

やっといつもの毒舌が出てくる。

そこからテレビの話になった。付き合っていた頃に一緒に見たテレビ番組の話をしながら、しばし笑い合う二人。

「『金八先生』は、あの回が一番よかったな。学校を占拠したくさったミカンたちが、逮捕されちゃうやつ」

「スローモーションで、中島みゆきの『世情』がかかって……。わたしも大好きなシーン」

「僕は、自分だったらどうするか？　って思って見てたよ。占拠なんかしないで、どうやってバカな大人たちをうまく参らせるか。そんなことばかり考えてたな」

しばしの沈黙の後、突然、「君のこと諦めるよ」と藤枝は言った。

そして「弁当配りなんかしたくねえから」と笑った。

美南は、うなずく。

藤枝の目に動揺は無かった。

「無理しないでね、俊くん」

「それはお互いな。目の下のクマ、メイクじゃ隠しきれなくなっちゃうよ」

《バレてたか》

美南はソファを立ち、にっこり微笑んで無言のままリビングを後にした。

再び静まり返った大きなリビングでまた一人になり、意を決した藤枝は、おもむろに電話をかけ、部下に伝える。

「ＪＢＳ買収を辞める。ああ、提案書の取り下げで朝イチで動いてくれ。昼には記者会見……」

美南が玄関を出ようとドアを開けると、目の前には背広姿の男たちが立っていた。藤枝宅に彼らはいきなり踏み込む。

《え、なに？？？》

検察庁の特捜部だ。ＪＢＳからの諸々の根回しで、政府筋は動いていたのだった。

藤枝を証券取引法違反容疑で確保するのだ。

それに気づき、広い邸内を逃げ走る藤枝。

リビングからキッチンに逃げ、フルーツを投げつける。

捜査員をかわしながら、長廊下を走り回る。

やがてバスルームに逃げ込み、つかみかかる捜査員に必死の形相でシャワーをかけまくる。

……しかし、ずぶ濡れになった捜査員に囲まれ、とうとう藤枝は逮捕された。

もちろん報道陣は家の外にいたため、その光景を記録することは出来なかった。

しかし、この逮捕劇をスマホで撮影していた人間がいた。美南だ。

散々世間を騒がせ、テレビ・マスコミを賑わせた藤枝のＪＢＳ買収騒動は、藤枝の逮捕という劇的な形で幕を閉じた。

夏は終わった。

急いで局に戻った美南は、上米に一連の話をして、自分のスマホ映像をチーフＤ田中に渡した。急遽、今夜の『うたカン』生放送の構成を大幅変更し、冒頭で《藤枝逮捕》を取り扱うことになったのだ。

今まで一切藤枝やサマーゲートの報道を控えていたＪＢＳテレビは、朝に藤枝逮捕を報じて以降、上からの指示が降り、全面的に解禁になったのだ。

美南は美南で、楽屋のスタンバイ、弁当の配置、台本の準備、そんな生放送に向けての自分の仕事の準備に入った。

午後になり、『ごごおび』が始まった。

この日の放送内容は盛りだくさん。藤枝逮捕、ＦＬＡＴ解散（セクハラ問題は言及無し）。

放送の最後に、美南が撮った藤枝の逮捕の瞬間が短く放送された。

そして最後に司会者から付け加えられた。

「今日の『うたってカンカン』は緊急生放送スペシャルです。藤枝氏逮捕時の独占スクープ映像が放送されます。さらにスーパーグループＦＬＡＴのリーダー鴨居純也さんが、解散についてご自身の口からメッセージを語ります。ぜひ今夜八時放送の『うたってカンカン』三時間スペシャルをご覧ください！」

『ごごおび』がこの前の「逃亡犯逮捕のスクープ」の借りを返してくれたのだ。

世界は、縁と恩で繋がっているのだ。


そして夜、島ＰのＪＢＳ入りが、綿密な計画の下、秘密裏に行われた。

局近くの一般の駐車場でキャスターが付いた衣装ケースに潜り込み、そのまま台車で移動し、楽屋入りするという計画だったが、駐車場にタクシーで現れた島Ｐはあろうことか「衣装ケースに入るのはやだよ」とごね始める。理由は暗い所が苦手というものだった。

「誰か一緒に入ってくれるならいいけど」

と言う島Ｐに、ＡＤ住田が名乗り出るが、島Ｐは美南を指名。

非常事態に美南は承諾し、二人はせまいケースに潜り込んだ。

それを美南に思いを寄せる住田が押して行くという切ない展開になるが、ともかくこうして島Ｐは赤坂の路上をゴロゴロと押されながら局内に入ることに成功した。

スタジオへ続く搬入路を進む狭い衣装ケースの中で、島Ｐと美南は接近する。いつの間にかどちらからと言わず手を握っていた。

「藤枝さん逮捕されたんだって？」

「そう……みたいです」

「……残念だな。ＦＬＡＴを解散したら、彼とマネジメント会社を作ろうと話してたんだよ。旧態依然とした芸能界を変えるような」

「え？」

「出る杭は、打たれる、か。オレも打たれるかな？」

そう言って、微笑む島Ｐ。

その微笑みを見て、美南はなぜか涙が溢れてきた。

島Ｐはその涙に気づき、美南の涙を手で拭きながら、そっと唇を重ねた。

生放送開始まであと数分。美南はスタジオの美術搬出口に極秘で用意した、パーテーションで囲った演者の溜まりスペースに島Ｐを誘導した。

「また出演時間一〇分前にお声がけします。狭いですが申し訳ありません」

そして、スタジオのセット前に向かった。

美南は上米を見つけ、報告する。

「島P無事、スタジオ搬入しました」

「ご苦労」

上米が短く答える。


生放送は、まずは藤枝逮捕のニュースから始まった。

「サマーゲート代表取締役の藤枝俊助氏が逮捕されました」

MCの鴨居が読み上げたその直後、衝撃的な映像が流れ出す。

それは美南が撮影したものだ。リビングからキッチンに逃げ、フルーツを投げつける藤枝。そして廊下に出て、バスルームに逃げ込み、ずぶ濡れになって玄関から裸足で飛び出そうとするが、多くの捜査員に確保される。

この藤枝確保の瞬間映像を何度もリフレインさせながら、BGMには中島みゆきの『世情』が流れる。

まるでかつての『三年B組金八先生』の『くさったミカン』の回を彷彿とさせる、壮絶な逮捕劇に仕上がっていた。

右上には〝うたカン独占〟のテロップが表示されている。

美南の脇にいた上米が、突然ぼろっと呟く。

「これが終われば俺は飛ばされるだろう」

驚く美南に上米は続ける。

「その時は、お前が『うたカン』のＰだからな」

慌てて否定する美南だったが、上米はさらに続ける。

「大丈夫だよ。お前は立派なプロデューサーだよ」

思わず感極まる美南だったが、上米は素っ気なく「だが、まだ修行が終わったわけじゃねえぞ」と釘を差す。

その言葉に美南は大きく頷き、「はい師匠」と、晴れやかな笑顔を見せた。


そしてＣＭに入った。

収録ものはコーナーの途中でも一番もったいつけたところで、ＣＭが入る。いわゆる〝ひっぱり〟というＣＭまたぎの効果を狙うからだ。

しかし生放送は違う。一つのコーナーが終わると、この場合は〝藤枝逮捕〟だが、それ終わりでＣＭに入る。

そのＣＭ二分間の間に、新しく『うたカン』のチーフＡＤになった園田がＭＣ鴨居の元に近づき、インカム越しのサブ卓に座るDの田中の指示と、田中の隣のタイムキーパー、通称TKの進行の押し巻きの分数を鴨居に伝える。

その間に、フロアのADたちがセットの小道具の転換をし、美南たちAPが次に登場するゲストの呼び込みを行う。

すると、CM中にAP高東が連れてきたのは、なんと紗季だった。

《え、どういうこと?》

この演出は、島P担当の美南も聞かされていなかった。

CMが明け、一連のセクハラ騒動の経緯がサブ出しVで流される。

編集したのは、ディレクターになりたての住田だ。そして紗季にインタビューしているのは、なんと上米自身だった。

そのインタビューで紗季は、セクハラ騒動への自分の思いを口にしたのだ。

美南は隣でその映像を見ている上米に尋ねる。

「ど、どういうことですか?」

「俺が、藤枝にセクハラのことをリークしたんだよ」

「え?」

「世界を動かすために、いろいろ考えた上での、俺の、俺流の〝攻撃〟だよ」

ステージの上では、紗季の今の想いを、鴨居が丁寧に尋ねている。

「私は、大好きなＪＢＳテレビが変わって欲しいです。それだけです」

紗季の言葉は、世間を動かすだろう。そして世間の目は、このテレビ局もきっと動かす。

なぜなら、今の状態を放置して、テレビ局がそのままでいられるわけもないからだ。

「俺が戦う時は、俺が正義だと信じる方が勝つように戦うさ。きっと彼女は報道に戻れるよ。こんな真摯な言葉を話せるアナウンサーを腐らせとくほど、この会社の人間は腐っちゃいないさ」


「ありがとうございました。アナウンサーの木之下紗季さんでした」

鴨居が紗季を送り出すと、またＣＭになった。

紗季が、美南のところにやって来る。

「美南、ありがとう。そしてごめんなさい」

「え、わたしはなにも」

「ううん、私も頑張るよ。そんな勇気をもらえたってこと」

そしてＣＭ明け、いよいよ鴨居自身がＦＬＡＴの解散について語るというその時、スタジオに島Ｐが現れる。

驚く鴨居。上米は鴨居にも内緒にしていたのだ。それが島Ｐの上米に出した出演条件だった。

上米を一瞬睨む鴨居だが、すぐいつもの笑顔に戻る。

ライトに照らされた島P。

そしてゆっくりと島Pに顔を向ける鴨居。

二人のスターがついにスタジオで顔を合わせた瞬間だった。

台本のない、トークが始まった。

「俺、お前が来るの聞いてないけど……」

「だって言ってないもん」

「ふふ。王子様、慣れないバラエティにようこそ！」

それでも軽妙な語り口をくずさない鴨居だった。


こうして、この日の生放送は終わった。

上米はいつの間にかスタジオから消えていた。放送中ひっきりなしに上米のスマホはバイブし続けていた。きっと上層部からの呼び出しだろう。

スタジオの後片付けをしている美南。

「ねえ」

振り向くと、島Pが手にしたドリンクを見せ、「これ、ありがとう」と笑顔を見せた。

美南は微笑み「APですから」と答える。

「色々助かったよ」

と島Pが礼を言う。

「いえ、わたしは別に何も……」

とはにかむ美南。

「美南くんのおかげで鴨居の動きがわかったから、ほんと助かったよ」

「え？」

「ほら、解散問題でもめてたから。あいつの近くにいる人間に情報貰いたくてさ」

そんな島Pを、美南は呆気にとられた表情で見つめる。

「……強がりですね。島本さん」

「この業界ってギブアンドテイク、恩と縁だからさ……いつか君にまたギブしないとね」

最高の笑顔を見せ去っていく島Pの背中を、美南はただただ呆然と見送るしかなかった。

《男は、どいつもこいつも、いつも強がってばっかりだ》

翌朝。

駅の売店やコンビニにスポーツ新聞が並べられている。

『鴨居vs島P、島P衝撃のG事務所を退所！』

『藤枝逮捕の瞬間!!』

『セクハラ騒動、渦中の女子アナ初めて真相を語る！』

大きな見出しが躍っている。

その見出しの三つすべて、『うたカン』が出どころだった。

番組全体でも三時間の平均視聴率は三〇％超え、鴨居と島Pの直接対決はなんと四〇％超えの驚異的数字を叩き出した。


美南が昼過ぎに出社すると、上米が机の上を整理していた。

「あ、やっぱり俺、飛ばされることになったから」

上米は淡々と言う。

「そうですか」

「なんでも系列の制作会社の社長やれってよ」

「……そうなんですか」

「あ、でも『うたカン』は継続ね！　ジョージ神崎さんが放送見てて、最高だったたってさ！　テレビはあのライブの緊迫感をいつまでも大事にしろ！　ってさ。それを雉桜社長に直接シゲさんが伝えてくれたらしい。で、今朝〝雉の一声〟が出たらしいよ。『うたカン』継続、ますます頑張れと！　ＪＢＳテレビの台風の目になれと！」

「よかったです！」

その知らせは嬉しかった。とはいえ覚悟はしていたものの、上米の異動の寂しさとこれからの不安に表情を曇らせたが、でも顔を上げる。

《わたしが、頑張らなければ。上米イズムを下のスタッフたちに伝えるのが、弟子であるこのわたし……三崎美南しかいない……はず！！！》

「上米さん、今までありがとうございました。これからも私は『うたってカンカン』を……」

だが上米は美南の言葉を遮った。

「あ、いや、お前も一緒に飛ばされることになったから」

その言葉に驚愕する美南だった。

「ええええええええええええええええええ！！！？？」

「大丈夫大丈夫。新しい世界がきっと俺たちを待ってるよ！」

――とりあえず、おわり。

この作品は書き下ろしです。

この作品はフィクションです。

実在する人物、団体等とは一切関係ありません。

装丁　株式会社工企画
カバー・口絵・扉イラスト　yoka.
編集　岩崎輝央

角田陽一郎（かくた・よういちろう）
バラエティプロデューサー／文化資源学研究者
千葉県出身。千葉県立千葉高等高校、東京大学文学部西洋史学科卒業後、1994年にTBSテレビに入社。「さんまのスーパーからくりTV」「中居正広の金曜日のスマたちへ」「EXILE魂」「オトナの!」など主にバラエティ番組の企画制作をしながら、2009年ネット動画配信会社goomoを設立（取締役～2013年）。2016年TBSを退社。
映画『げんげ』監督、音楽フェスティバル開催、アプリ制作、舞台演出、「ACC CMフェスティバル」インタラクティブ部門審査員（2014, 15年）、SBP高校生交流フェア審査員（2017年～）、その他多種多様なメディアビジネスをプロデュース。現在、東京大学大学院にて文化資源学を研究中。
著書『読書をプロデュース』『最速で身につく世界史』『最速で身につく日本史』『なぜ僕らはこんなにも働くのだろうか』『人生が変わるすごい「地理」』『運の技術』『出世のススメ』他多数。週刊プレイボーイにて映画対談連載中、メルマガDIVERSE配信中。

AP（エーピー） アシスタント プロデューサー

2021年8月30日　初版第一刷発行
2021年9月16日　　　第二刷発行

著　者　角田陽一郎

発行者　工藤裕樹

発行所　株式会社工パブリック
〒174-0063　東京都板橋区前野町4丁目40番18号
TEL 03-5918-7940
FAX 03-5918-7941

印刷　株式会社光邦
製本　株式会社セイコーバインダリー

ISBN 978-4-9911581-3-1